编 委 会

顾问：

　　李润田　王才安　孙培新　王文金　张秉义　关爱和　娄源功

编委会主任：

　　卢克平　宋纯鹏　张锁江

编委会副主任：

　　谭　贞　张宝明　季　波　许绍康　孙君健　孙功奇　杨朝阳
　　王学路　冯淑霞　傅声雷　张立新

编委会委员：（按姓氏拼音排序）

　　蔡　军　程遂营　丁翼虎　冯淑霞　傅声雷　洪　浩　桓占伟
　　姬志闯　季　波　孔令刚　李永鑫　卢克平　苗长虹　祁琛云
　　任东景　宋丙涛　宋纯鹏　孙功奇　孙君健　谭　贞　王鹏飞
　　王思琦　王性玉　王学路　武新军　席卫权　许绍康　杨朝军
　　杨朝阳　杨光辉　杨国安　于华龙　展　龙　张宝明　张大超
　　张立新　张锁江

丛书主编：

　　孙君健

执行主编：

　　展　龙　杨国安　桓占伟

副主编：

　　丁翼虎　孔令刚

"夷门传薪学人传"丛书

丛书主编 孙君健
执行主编 展 龙 杨国安 桓占伟

夷门传薪学人传

李嘉言

郑慧霞 著

河南大学出版社
·郑州·

图书在版编目(CIP)数据

李嘉言 / 郑慧霞著. -- 郑州：河南大学出版社，2022.8

("夷门传薪学人传"丛书 / 孙君健主编)

ISBN 978-7-5649-5263-1

Ⅰ.①李… Ⅱ.①郑… Ⅲ.①李嘉言-传记 Ⅳ.①K825.46

中国版本图书馆 CIP 数据核字(2022)第 148680 号

夷门传薪学人传　李嘉言
YIMEN CHUANXIN XUEREN ZHUAN　LI JIAYAN

责任编辑	辛德萱
责任校对	姜　畅
封面设计	翟淼淼
出版发行	河南大学出版社
	地址：郑州市郑东新区商务外环中华大厦 2401 号
	邮编：450046　电话：0371-86059701(营销部)
	网址：hupress.henu.edu.cn
排　　版	河南大学出版社设计排版部
印　　刷	河南瑞之光印刷股份有限公司
版　　次	2022 年 8 月第 1 版　印　次　2022 年 8 月第 1 次印刷
开　　本	889 mm×1194 mm 1/32　印　张　3.875
字　　数	84 千字　　　　　　　定　价　18.00 元

版权所有・侵权必究

本书如有印装质量问题，请与河南大学出版社营销部联系调换。

述往事思来者根在夷门
(总序)

夷门,是一个比开封还古老的名字。

夷门是战国魏都城的东门,因城门修在夷山之上,故名。

夷门最早的故事与魏公子无忌有关。无忌为战国时期魏国第五任君主魏昭王的小儿子。魏昭王去世后,无忌同父异母的哥哥圉继承王位,是为安釐王。安釐王封无忌于信陵(今宁陵),是为信陵君。信陵君的第一个故事是养士辅政。其时,魏国在与秦国的对抗中,处在不利地位。信陵君仿效齐之孟尝君、赵之平原君、楚之春申君的辅政方法,养士三千,诸侯因此不敢加兵于魏十余年。七十岁的夷门看守人侯嬴与屠夫朱亥,均为信陵君礼贤下士所交好友。信陵君的第二个故事是窃符救赵。公元前257年,秦围赵都城邯郸,赵王的弟弟平原君求救于魏。魏王派晋鄙率兵十万,到达邺地。但迫于秦威,止步不前。信陵君听取侯嬴之计,窃取虎符,与朱亥前往邺地。在晋鄙对虎符有疑时,朱亥椎杀晋鄙。信陵君率兵救了赵国。侯嬴在信陵君到达邺地时,自刎于夷门。

窃符救赵的故事发生一百余年后,司马迁寻访战国争雄的史迹,来到夷门。对千金一诺、侠义热血故事颇有兴趣的司马迁,在《史记·魏公子列传》中做了上述精彩描述,扣人心弦犹如小说家言。信陵君事迹很多,司马迁只记礼士与救赵;信陵君在魏养士三千,详写的只有侯嬴与朱亥。传记的结尾,意犹未尽,作者再次称赞信陵君不耻下交的礼士精神:"吾过大梁之墟,求问其所谓夷门。夷门者,城之东门也。天下诸公子亦有喜士者矣,然信陵君之接岩穴隐者,不耻下交,有以也。名冠诸侯,不虚耳。"仁而谦恭,礼贤下士,成就大业。这是夷门叙事的第一重启示。

公元前99年,司马迁为李陵事获罪,受腐刑,因著书事业而隐忍苟活。受刑的第二年,朋友任安写信询问情况,司马迁写下了传诵千古的《报任安书》,完整描画了一个知识人最高最完美的理想:"近自托于无能之辞,网罗天下放失旧闻,考之行事,稽其成败兴坏之理,……凡百三十篇。亦欲以究天人之际,通古今之变,成一家之言。"据此话推定,《史记》已大致完成。今传《史记》有《太史公自序》,其有感于自己身世,而追述中国历史中圣贤发愤著述的传统:"昔西伯拘羑里,演《周易》;孔子厄陈、蔡,作《春秋》;屈原放逐,著《离骚》;左丘失明,厥有《国语》;孙子膑脚,而论兵法;不韦迁蜀,世传《吕览》;韩非囚秦,《说难》《孤愤》;《诗》三百篇,大抵圣贤发愤之所为作也。此人皆意有所郁结,不得通其道也,故述往事,思来者。"这种圣贤发愤著述的传统,是司马迁完成《史记》的支撑力量,也化为以立言为志的中国士人生生不息的精神资源。"究天人之际,通古今之变,成一家之言"与"述往事,思来者",共同成为读书人立言著述的最高理想。身为记述唐尧以来中国历史的史官司马迁,历史上却没有留下他本人卒年的记载。近代王国维考证,司马迁大约卒于汉武帝末年。勤奋于"述往事,思来者"之业,究天地之际,通古今之变,成一家之言,燃烧自我之身,不计身后之名。这是夷门叙事的第二重启示。

公元960年,北宋政权以开封为都城建立,从而创造了继唐代后又一个统一王朝的辉煌时代。此时距司马迁《史记》成书,已过去千年。夷门不在,夷山依旧。夷山之上,北宋皇祐元年(1049年)建起了开宝寺塔。塔体外立面均为褐色琉璃砖,浑似铁铸,民间俗称"铁塔"。1912年,铁塔南麓,建立了一所大学——河南留学欧美预备学校(今河南大学前身)。河南大学的学生均以"铁塔牌"自称。铁塔成为这所大学毕业生最早的logo(标签)。当年椎杀晋鄙的朱亥,因窃符救赵之功,被授相印,其封地原名聚仙镇,在北宋末,改称朱仙镇。岳飞抗金,取得朱仙镇大捷,也终没有挽救北宋王朝的命运。北宋的成功,在文治而不在武功。20世纪40年代,陈寅恪为邓广铭《宋史职官志考正》作序,有"华夏民族之文化,历数千载之演进,造极于赵宋之世"的称赞。一个以唐史研究见长的史学家,推重赵宋文化,绝非偶然。赵宋时期城与市合一,不需要再像《木兰辞》所言那样"东市买骏马,西市买鞍鞯"。城与市合一的开封,勾栏瓦肆林立,充满着人间烟火气。唐宋以来实行的科举制度,使寒族子弟也可以像世家子弟一样,通过个人的努力,通达社会与文化上层。读书人生气聚集之时,赵宋时期出现了士大夫阶层。士大夫具有超越特定族群、特定利益阶层的历史眼光和宽阔胸怀。祖籍大梁的北宋大儒张载不失时机提出的"为天地立心,为生民立命,为往圣继绝学,为万世开太平"的"横渠四句",成为新兴士大夫群体理想抱负的经典表达。士大夫群体的思想文化创造力活力四射,宋代理学家、史学家、文学家、音乐家、书法家、艺术家层出不穷,群星灿烂,造诣均达极高水平。宋代理学家将儒释道合一,重建儒学体系。新的儒学体系高扬道德的旗帜,以修齐治平调节士人人生期待,以伦理纲常整饬社会秩序。陈寅恪称赞欧阳修晚年所撰《五代史》的功劳在"贬斥势利,尊崇气节,遂一匡五代之浇漓,返之淳正。故天水一朝之文化,竟为我民族遗留之瑰宝。孰谓空文于治道学术无裨益耶?"五四运动过后二十余年,在抗战的炮火中,陈寅恪坚信造极于赵宋之世的华夏文化,本根未死,终必复振。理想、信念、毅力、气节,是读书人的禀赋;立心、立命、继绝学、开太平,为读书人的价值与责任。以治道学术服务国家人民,乃读书的正途与根本。这是夷门叙事的第三重启示。

北宋时期的国子监所在地位于现在的龙亭一带。明代这里辟为周王府。清初,河南贡院一度迁至辉县百泉,清顺治十六年(1659年)河南贡院在周王府旧址修建。因地势低洼积水,雍正九年(1731年)河南贡院迁至夷山南隅。1841年黄河发水,拆河南贡院房舍防洪,第二年重修,新建号舍万余间。1900年的庚子事变,北京用于国家会试的贡院被毁,河南贡院因房舍完好、交通便利,而在1903、1904年成为科举会试所在地。1905年废除科举,河南贡院就成为上千年科举制度的终结地。1912年,河南有识之士在河南贡院的校舍上创办河南留学欧美预备学校，1923年改建为中州大学，1930年易名省立河南大学。因此，从这套丛书的一个人物林伯襄1912年担任河南留学欧美预备学校的校长开始，河南大学叙事便与夷门叙事有了交集，夷门叙事所体现出的精神基因便在河南大学传承延展。与时俱进，百折不挠，在国家、民族站起来、富起来、强起来的百年沧桑中，河南大学以振兴教育、培养人才服务于民族自立、国家复兴和区域发展，成为中原大地高等教育的一棵参天大树。参天地之化，养浩然正气，育万千桃李，以教育报国。此为夷门叙事的第四重启示。

在河南大学迎来110周年校庆之际，学校编写出版"夷门传薪学人传"丛书，嘱我为序。在准备出版的二十多种学人传中，有在河南大学发展的重要节点上做出了重大贡献的主政者，绝大多数是在学校发展的不同时期在学术进步、人才培养方面成绩突出的教授。名人有言："大学者，非谓有大楼之谓也，有大师之谓也。"这些学者教授就是河南大学的大师。河南大学建立110年来，对国家、对民族的贡献，大部分是通过一代又一代心系桑梓、植根教育的千千万万教育工作者实现的，上述学者教授是千千万万教育工作者的代表。在河南大学这所百年名校中，"究天人之际，通古今之变，成一家之言"的学术创新是他们完成的；"为天地立心，为生民立命，为往圣继绝学，为万世开太平"的学术理想是他们实践的；"参天地之化，养浩然正气，育万千桃李，以教育报国"的百年辉煌是他们参与创造的。这是河南大学110年校庆要编辑出版"夷门传薪学人传"丛书的唯一理由。

有形夷门在司马迁生活的时期已经颓毁,而无形的夷门,留在司马迁的《史记》中,留在宋儒的横渠四句中,留在科举旧地与新式教育的交接中,留在河南大学生生不息的生命意志中。在河南大学建校110年之际,河南大学的注册地移至郑州,但河南大学的办学精神,已经融入河南大学的基因与血脉之中。河南大学从留学欧美预备学校的成立,到今天的"双一流"建设,何尝不是河南有识之士与黄河儿女的"发愤"之作!国家兴亡,匹夫有责,读书人更有责。司马迁"发愤","述往事,思来者"而著"史家之绝唱,无韵之离骚";河南大学"发愤","述往事,思来者"而有发展进步的大手笔、大思路。让我们为之共同奋斗。

放眼寰宇的河南大学,根在夷门。

关爱和
2022年7月

(作者为河南大学教授、博士生导师,中国近代文学学会会长。曾任河南大学校长、党委书记。)

目 录

绪论 …………………………………………………………… 1

第一章 萌志家乡：蓄道德而能文章 …………………… 20
    第一节 郭晓棠之于李嘉言 ………………………… 22
    第二节 王大中之于李嘉言 ………………………… 25

第二章 研读清华：邃密群科图济世 …………………… 32
    第一节 熏在清华 …………………………………… 33
    第二节 学在清华 …………………………………… 37

第三章 人自树立：近高声自远 ………………………… 44
    第一节 李嘉言与陈寅恪先生 ……………………… 48
    第二节 李嘉言与闻一多先生 ……………………… 80
    第三节 李嘉言与《全唐诗》 ……………………… 92

后记 …………………………………………………………… 113

绪　　论

　　在时光永无止息悄无声息的流逝中,并非一切都可以随着时光一起被流逝,总有一些是时光无法带走的。曾经存在过的,正在存在着的、曾经发生过的、正在发生着的,无论可视还是非可视,都会以自己的方式或痕或迹或影存在或者被存在——或隐或显、或浓或淡、或深或浅,正如"星沉海底当窗见,雨过河源隔座看"一般。

　　天上人间的一切象和象与象之间相互的生发一直就在生发着,这些生发才是生命之所以为生命的要义,"谁言寸草心,报得三春晖","忽如一夜春风来,千树万树梨花开","好雨知时节,当春乃发生。随风潜入夜,润物细无声",这是天地人广袤无垠的时空界域中时时处处"物象"与"物象"之间关系的生发,"春草"与"阳光"之间、"雪花"与"北风"之间、"好雨"与"时节"之间,这种物与物之间的生发被文学书写者敏感易感多感的心感知到捕捉到而书写着,是如此地真切,如此地鲜活,如此地生动,仿佛就在眼前心间身边正在生发着的"寸草""雪花""梨花""好雨"的芬芳不受时空的局限,可以直到永远,终至永恒(相对意义上的),如此才是文学的经典——生活的自然被自然地呈现出来,天地人元气淋漓弥漫四散,诗意着世界、滋养着心灵、涵育着精神,浩然之气就生于兹长于兹成于兹。

在这个意义上,我们方可谈到文学经典的人文化成,即尘嚣的世界上终究还是存在着一方"诗意的栖居"地,这对于生命的意义是不言而喻的,然并非是每个生命都可领悟得到的:在每一个朝霞映照的清晨,在每一个晚霞轻笼的黄昏,曾经有多少的曼妙灵动生发过和正在生发着,"若是晓珠明又定,一生长对水精盘","日暮乡关何处是,烟波江上使人愁","秋阴不散霜飞晚,留得枯荷听雨声",又重在"物象"与"文学书写者"(同时又是文学中的抒情者)之间关系的生发,是"物象"刹那间唤起此在的文学书写者彼在或在在皆有的情感——自然是彼在的生命呈现所自带的"个生活"情态,诸如无常、漂泊、孤独、感伤、念远等等,欲想言说而无可言说的怅惘。此者自属"耳目之所接者,杂然有触于中,而发为咏叹"之作,是"缘情而绮靡"的"个生活"书写——这种"个生活"又极其容易极其普遍极其隐秘地唤起"众生活"的"共情""共鸣""共识"。试想:谁不曾为生命中的美如露珠般易变易消易逝而叹惋,谁不曾在夕阳西下时分莫名地生出一丝此生犹在漂泊的惆怅,谁不曾在秋阴水亭边对着看不见的无涯洪荒发呆。所以这些书写就是如此,因为生命的无限相似(古往今来的诗意者谁不如此呢)而鲜活在"众生活"里成为关于生命记忆的文学经典。

关于生命关于生活关于人生就是如此被"见"着被"看"着被"记忆"着,不管有意还是无意。雪泥鸿爪还是惊鸿一瞥,天地人或者更有这之外的一切,一切的象在以无限的可能、无尽的呈现、无穷的形态发生在"见"者"看"者"记忆"者的视(眼耳鼻舌身意)阈中;就这样形成了无穷尽无限多无休止的生活的历史——和生活关系最有意味的存在之象毫无疑问是文学。

文学的书写者(真正无愧于此称号者)本身就是生活万象中的一象,因为置身其中深潜其中扎根其中而与众生活成为一体——"个生活"与"众生活"——文学书写者和生活的关系姑且可以如此称谓。"个生活"呈现着"众生活"必须具备的一切诸如人间烟火的日常、七情六欲的内在、风花雪月的诗意和远方等,但"个生活"还须有"个"的鲜明和迥异于"众"的独特性,即只能是"个"的属性而绝对不可能是属于 Ta 者的属性——正如黛玉的个性只能是黛玉自"个"儿的绝对不可能属于 Ta 者一样,否则黛玉的形象塑造就是彻底失败的,自然也就不可能成为经典的文学人物形象。

长久以来,我们已经习惯于"寓景于情""咏史怀古""怀才不遇"等等浮泛的所谓"研究"文学的类语言(或可称之为群语言),这些可以无差别地用于多个象多种象的语言表述本身就是对文学之象的不尊重——正如薛宝钗看所有的年迈之人都应该喜欢甜烂食品、喜欢热闹戏文一样,是毫无真诚的客套话、应酬语,充斥着最虚伪最浮泛最乏味根本从没有上过心的冰冷与敷衍——但又似乎是无可挑剔的完美与正确,毫不夸张地讲是在亵渎文学和文学研究。

事实上,文学的书写无一不是书写者对自我生命的一种有意味的书写,书写者自始至终都隐身在自己的文学书写中,Ta

无处不在无时不在无象不在地活在自己的文学中,与其说是以"文学书写者"的身份存在,毋宁说是被文学书写的"众生活"推着书写,即"被文学书写者"更恰切些。因为真正意义上的文学,书写者一旦置身其中,就如文与可画竹一样,是"与可画竹时,见竹不见人。岂独不见人,嗒然遗其身。其身与竹化,无穷出清新"(苏轼《书晁补之所藏与可画竹》)的。"与可"与"竹"的关系并非单单是主体和客体的关系、观照者和被观照者的关系,表面上是"与可"在画"竹",事实上,"竹"是"与可"内在世界的局部甚或全部呈现,即"竹"是"与可"精神的外化或者视觉化。所以,"与可"的"竹"是鲜活生命的自然呈现,只不过这种呈现不会随着"与可"肉体的消亡而消亡,会成为"与可"及其相关时代的一种鲜活记忆留存下来,鲜活在人类的情感史精神史心灵史中。文与可是因为胸有成竹自见于目前,故得自然而然地书写出"竹"。

画画与作文同理,正如苏轼《江行唱和集序》所谓"未尝有作文之意"而文意自见于眼前:"夫昔之为文者,非能为之为工,乃不能不为之为工也。山川之有云雾,草木之有华实,充满郁勃,而见于外,夫虽欲无有,其可得耶?自闻家君之论文,以为古之圣人有所不能自已而作者。故轼与弟辙为文至多,而未尝有作文之意。己亥之岁,侍行适楚,舟中无事,博弈饮酒,非所以为闺门之欢;而山川之秀美,风俗之朴陋,贤人君子之遗迹,与凡耳目之所接者,杂然有触于中,而发为咏叹。……将以识一时之事,为他日之所寻绎,且以为得于谈笑之间,而非勉强所为之文也。时十二月八日。江陵驿书。"眼见目接的山川之色、人物之美、风云之变和心领神会的风俗之朴、世情之繁、幽情雅意等,不同的文学书写者有着不同的文学书写,正如苏洵、苏轼与苏辙同游而对所见书写各异一样,虽然均是"得于谈笑之间,而非勉强所为之文"之妙品,但各有各的妙。

这就是文学研究必须针对"个生活"研究而绝对不能无差别地用类语言和群语言来批评的原因。事实上,任何成功的文学其书写者都是与文学(人、景、物等)同呼吸共命运着的,这才是文学经典能够历经滚滚历史长河依然鲜活从而成为经典的关键,我们可以称文学书写者在文学中是文学之眼。"文学之眼"对于"众生活"之象有意无意的选择,会呈现在文学中,而这种选择会自然而然呈现出"个生活"的特质:同样的"月",在李白的诗中和在苏轼的诗中是不同的;同样的"众生活",李白和苏轼关注的角度也是不同的。书写者一方面期待自己的书写能被好好地解读,一方面又希望避免自己在书写中呈现的某种隐秘的生命体悟被读出。如此就造成文学(在此指的是经典文学)的书写多是一看即可明了、细思内蕴却极深奥的正所谓"平淡却山高水深"的呈现。

基于此,我们便会理解《红楼梦》"满纸荒唐言,一把辛酸泪。都云作者痴,谁解其中味"的深慨幽叹——渴望遇见读懂的知音又害怕着遇见一语道破天机的知音和这种纠结所产生的强大的张力,本身就规定了研究文学者须自具灵妙的悟性和渊博的学识。

古代文学的研究者尤需如此,因为其发生的场域已经距离当下非常遥远,虽然有"史"的存在,但往往是"书到用时方恨少",加之"史"多微言大义且只记录宏大的君国大事和大人物,重心在于"秉笔直书"以"资治通鉴",故可谓之"时代史""国史"或者更细致类化为"科技史""艺术史""军事史""思想史""文学史"等,但这绝不是生活,至少距离人间烟火的日常甚远,或者说是严重缺失。这对于文学的研究来讲是无法给予可考的细腻、生动与鲜活的——当然,"史"学中也并非无有文学书写,只是相对于"比树叶还稠"的生活来讲太稀缺而已。

文学之所以是文学,关注的更应该是大众的日常(毕竟大人物大事件史书上已有记载,而且现实生活中平凡的老百姓才是主体),柴米油盐酱醋茶的烦琐单调、贫贱夫妻百事哀的粗茶淡饭、张家长李家短的街谈巷议、风花雪月诗酒茶的逸怀文思、疆场科场官场情场名利场的酸甜苦辣等等,都可以见在文学者的眼前胸中而被书写出来,如杜甫的"三吏""三别"就因其书写老百姓生命存在的痛并且其中有着自身的真切生命体验而一直鲜活着,"发愤著书"也好,"不平则鸣"也罢,当都不排除"穷而后工"的可能性——毕竟,"月有阴晴圆缺,人有悲欢离合,此事古难全"。

文学即"人"学。文学必须注重生活,把生活沉潜内转后才可能以文学方式呈现出来,注重生活即是注重"人"。

在以上诸多文学和生命关系言说的基础上,我们重新发现了李嘉言先生关于中国古典文学研究的意义所在——先生对文学与生命关系的关注,早在《诗经》相关研究中就已经涉及,他说:"社会生活的中心是人,所以在反映各种社会生活之中,不可能不同时反映了人民的品质与性格。"[1]因此,先生在古代文学研究中特别从"人"的角度出发,因为无论古今中外,"人"之为"人",虽然社会属性有着各异的成分,但在诸如"渴思饮""饥思餐""寒思暖""病思药"等饮食男女之自然属性上则并无太大差别。基于此,文学首先应该有着古今中外共性的成分,如"饥者歌其食,劳者歌其事";其次,文学作为上层建筑的一部分,必然要反映时代,这是文学必须具备的内核,即文学是时代的一面镜子,可以镜照时代;第三,文学书写者的自身特性决定了文学必须具有鲜明的文学个性,正如盛唐诸多诗人各有各的特点一样,王维、李白、孟浩然等,谁也不能代替谁,谁也不能取代谁,他们都是无法缺失的存在,他们又都是盛唐气象最好的文学呈现。李嘉言先生的研究是一直都贯穿着对文学精神的理解的,所以他的研究特点中最显著的一点是设身处地从生活的角度来理解具体的作家作品,很少空疏浮泛的类语言和群语言,如在谈到陶渊明的作品时,先生认为:

> 陶渊明受有传统的儒道两家思想的影响,所以其描写日常生活之中时有玄想,玄想之中又时有浓厚的烟火气与人情味。这也就形成了他将日常生活与玄想结合起来的写法。……但诗人归田后,是否就一直如此惬意?是否完全

---

[1] 李嘉言:《李嘉言古典文学论文集》,上海古籍出版社,1987年,第1页。

获得了像他所希望那样自然、自由的生活？农村是否就像他所写的那样美好？这却又不尽然。……《有会而作》云："弱年逢家乏,老至更长饥。"可以知道他几乎一辈子都是过的贫日子。……他借助于老庄的达观理趣,以美化其生活环境。……"酒"在陶诗中所以是一个突出的材料,原因就在这里。不要单单看他在《饮酒》二十首里是怎样"啸傲东轩下""悠然见南山"地"托身已得所",还要注意他在这些诗的序里所说"余闲居寡欢……无夕不饮……既醉之后,辄题数句自娱"的话,原来是由于"寡欢"而饮酒,种种"悠然"乃是"既醉之后"之事。如果我们了解不到这一点,简单地像历来论诗家择出"采菊东篱下,悠然见南山"二句来大大欣赏其如何"浑身是静穆""整天整夜的飘飘然",那就真不免要如陶潜在另一首《饮酒》诗里所说"一士长独醉,一夫终年醒;醒醉还相笑,发言各不领"了。①

李嘉言先生在对陶渊明进行研究时,关注到其受到所处时代浓厚的玄学思想的浸润和传统儒家思想的影响,以及陶渊明自身的特性包括显赫的家世(曾祖陶侃、外祖孟嘉等)、家道中衰的遭际(父陶茂早死)、"少无适俗韵,性本爱丘山"的气性等,然后才在全面观照作品的基础上提出"陶渊明的'酒'实乃'寡欢'的结果"的结论。这很符合生活的实际,借酒浇愁、拿酒忘

---

① 李嘉言:《李嘉言古典文学论文集》,上海古籍出版社,1987年,第173-178页。

忧、靠酒避世等主题在古典文学中比比皆是,阮籍、刘伶等都是常驻"醉乡"的典型时代"贤人"代表。先生之所以对于陶渊明之"酒"体认如此深刻确凿,当然是有着自己深刻生命体验的:"试想,一生思想中充满了矛盾的陶渊明,他如何能整天整夜的飘逸静穆呢?"①如果不是自己有着相同的生命体验,陶渊明又怎会唤起先生如此沉切的心灵共情和思想共鸣呢。所以说,成功的文学研究尽管各有特点,但一定具有以下的共性:必须关注到文学的传承性、时代性和个性,同时研究者本人需要有生活的广泛深入实践和敏锐深刻的生命体悟能力。我们在研读下文中先生关于陶渊明的论述中可以清晰地感知先生与陶渊明之间异代知音的感觉,所谓"词客有灵应识我,霸才无主始怜君"当不过如此:

> (陶渊明)也就因为这个缘故——思想语言都有反时代性、反贵族性,加以人微位卑,所以他的诗文未为当时所重。……后人欣赏陶渊明如何"高玄""闲远"的人固然不少,但也必须看出:陶渊明以自然的语言真实地反映其并非纯然是"高玄""闲远"的生活与社会现实,以及其对于统治者的傲骨和不合作态度,这方面的影响毕竟还是主要的。不然,萧统何至于说"语时事则指而可想"?朱晦庵又何至于说"隐者多是带性负气之人"?而且,即令是古人专门欣

---

① 李嘉言:《李嘉言古典文学论文集》,上海古籍出版社,1987年,第177页。

赏其"高玄""闲远",这里边也有不同的情况。一部分有正义感的人们,在当时对于一些不合理现象无可如何的时候,很容易倾向、寄托于"高玄""闲远",以解决其思想矛盾。这就未可厚非。虽然,对于我们来说是不足为训的。①

认同、接受某个作家,研究者必然与其在精神或心灵上有着某种程度上的灵犀相通,或者"嫣然一笑竹篱间,桃李漫山总粗俗"的神会,进而对于所研究的对象会因为生命体悟的某种深相契合而成为异代知音——生命本当如此被观照被呈现被尊重,"怜欢敢唤名,念欢不呼字"(《吴歌·读曲歌》),任何时代的少男少女恋情不都如此吗?"雪罢枝即青,冰开水便绿。复闻黄鸟声,全作相思曲。"(王僧孺《春思绝句》)如此的触景生情,何人无有呢。"迟日江山丽,春风花草香。泥融飞燕子,沙暖睡鸳鸯。"(杜甫《绝句》)触处生春的时景,哪个春天没有呢,只是需要发现的眼睛和领会的心而已。以这些为研究对象时,自是尊重"我"之外一切生命"物"的,所以会和"物"息息相通,会和"物"心领神会,会体悟"物"刹那即生、刹那即灭的生灭灭已,在生、灭、生灭之间和生灭之后的诸进行时的观照中探究天、地、人及其间纷繁复杂的关系,并进行真切鲜活的呈现进而倾注心力来探索"天人之际,古今之变",从而立"一家之言",即探求文学发展的内在规律,从而促进人文发展的深层细致探索。

---

① 李嘉言:《李嘉言古典文学论文集》,上海古籍出版社,1987年,第179页。

绪论

在此探索路径中,生活的细节是极其有意味的,高明的作者往往会敏锐地捕捉到生活的细节并对其进行鲜活的呈现。鲁迅先生就是善于呈现生活细节的高手,写祥林嫂身心俱将木化时通过"那眼珠间或一轮,还能证明她是个活物"的细节呈现,写孔乙己社会存在的尴尬是通过"穿着长衫而站着喝酒的唯一的人"的细节呈现,写对"个人"的关注和尊重时不是笼统群化、类化统称进而呈现自我鲜明倔强的个性,而是通过后园有两棵树"一棵是枣树,另一棵还是枣树"的细节。

李嘉言先生在文学研究中就对细节格外关注,并通过对细节的深入剖析来研究作品。如先生在讲岑参的《走马川行奉送封大夫出师西征》时,通过对边疆自然环境的"细节"分析,得出英雄史诗般的结论:"我们可以想象,在那'石乱走'的大风之下和'旋作冰'的大寒之下的行军生活,该是多么凄惨,但是在末尾'虏骑闻之应胆慑,料知短兵不敢接,车师西门伫献捷!'那样轻松的一声预期凯旋的收场之后,过去的一些惊心动魄的风寒苦难,全都风消云散了!原因是这场苦难值得!"[①]

所有的文学经典都是当下的某种映照,所有的文学研究都是研究者某种生命体悟的书写,这是文学和文学研究的灵魂所在。在这一点上,李嘉言先生敏锐地谈到了作品是"镜",可用来"镜照"作家及其所处时代,如他在《屈原》一文中开篇明义:

---

① 李嘉言:《李嘉言古典文学论文集》,上海古籍出版社,1987年,第232页。

"清流既不惮于惠风,明镜何尝疲于屡照?我们重新拾起屈原《离骚》这面镜子,倘能借以对于屈原更增加一点认识,屈原必然不加苛责的。"①先生此论断可谓金玉良言!清代范泰恒认为文学当"三重":一重人品;二重性情;三重阅历。任何文学经典必定是作者自身的生命写照和作者对生命的深邃思考后的独到见解,没有真性情和高洁的人品和丰富的阅历很难产生经典作文。以《离骚》为"镜"来观照屈原,是直接从最根本处来研究屈原最好的路径。为此,先生研究时是特别注重提倡回归文本、细读文本的,如他说要理解屈原的"求女究竟是什么寓意",是"决不能撇开《离骚》的本文而另去凭空揣测"②的。屈原所处的时代,从《离骚》"内容主要为游仙之事"可考察出来。

> 屈原时的社会较孔子时的社会更加败坏,孔子设想的尧、舜治世既不可复得,屈原还来这套理想,如何能够重现?这说明了二人同是不知趣的书生之见,也说明了二人同代表着贵族阶层的幻想。但是,我们的诗人和圣人究竟有别。孔子得不到自己主张的实现,从未再深一层幻想,屈原却更进一步幻想到神仙之境了。……《离骚》游仙之境,正即《庄子》神人之境。庄子写神人貌美如妇女,屈原亦以"恐美人之迟暮","两美其必合"自况。庄子又视圣人、至人、

---

① 李嘉言:《李嘉言古典文学论文集》,上海古籍出版社,1987年,第47页。

② 李嘉言:《李嘉言古典文学论文集》,上海古籍出版社,1987年,第52页。

神人为一,则屈子游仙岂非自认已达圣人、至人之境?通常都晓得屈原与庄子思想有相同之处,这便是其相同之根本所在。……春秋时代尚可产生孔子不离现实的思想,战国时代对于现实的信念根本发生了的动摇,所以又产生了庄子的思想。我们的诗人亦以封建贵族的身份,目睹此"一世皆尚同"的社会,无所措手,乃先而寄情于孔子的仁义之世,终于落到庄子的虚无缥缈之乡,而去尝他做"水仙"的滋味去了。这样一代才华诗人之凄凉身世固然可悲,而他所处的充满市侩流氓气息的社会更为可哀![1]

先生在细读《离骚》中,读出了屈原的"香草美人"之独特内涵,又密切联系屈原所处的时代,读出《离骚》的"游仙"乃为对现实彻底绝望后的幻想之境,"象征美善"的"香草美人"其实是象征诗人的自我修养,其自我修身如此严格,自然不能在现实中苟且求容,如此"才能了解屈原宁死不屈的精神"。以《离骚》为镜照出屈原的人格精神和屈原所处的那个时代,从而得出令人信服的结论,即屈原的悲剧是自身高洁不屈的性格与龌龊混乱的时代环境冲突所造成的,其性格除了先天的气质禀赋等外亦是后天传统的儒家思想教育的一种结果。

再如谈到孟浩然的时候,先生说:"浩然作诗本有散文精神,而他所处的时代却是一个律诗的时代,遂使他的古诗时有律诗

---

[1] 李嘉言:《李嘉言古典文学论文集》,上海古籍出版社,1987年,第49—51页。

味,律诗亦时有古诗味。"①并拈出《万山潭作》作为文本进行细读,诗云:"垂钓坐盘石,水清心亦闲。鱼行潭树下,猿挂岛藤间。游女昔解佩,传闻于此山;求之不可得,沿月棹歌还。"先生谓:"譬如'游女'二句便是以古作律的一个例子。'鱼行'二句写物各自得之状。求女不得,棹歌而还,写其个人自得之状。情与景应,自然匀称。所以他的'求女',实无他意;有之,亦是'精神恋爱'。前人多谓浩然诗高古雅淡,在这些地方正足以见之。"②通过对诗作的文本细读,又密切结合时代和诗人的个人特点,对孟浩然其人其诗其品得出最具诗意的恰切定位和评价,这实在是唐诗研究界的"清风雪兰",幽韵冷香中透着"独立天地间"的冷峭风神。这种关注文本尤其是关注到文本之中文学书写者自身生命象征细节的一种书写,是先生对"人"的人道主义关怀的自然流露,这才是先生古典文学研究的人文情怀所在,也使得先生的古典文学研究自带温度而不只是冷冰冰的文字。

文学研究除了讲究具体作家作品的深度,更需要有史的建构。在这一点上,李嘉言先生立足于中国古代文学研究,深邃的目光上下求索于先秦以来的文学,在研究中注重"文学史"脉络的整体建构,如在谈到《诗经》已经开始有一些"细节描写"的时候,会讲到这一点的文学史意义即对后世文学体式的影响:"这

---

① 李嘉言:《李嘉言古典文学论文集》,上海古籍出版社,1987年,第232页。
② 李嘉言:《李嘉言古典文学论文集》,上海古籍出版社,1987年,第232-233页。

些细节描写在《诗经》里虽然不多,也还不够细致,但毕竟是有了,这就是可贵的。短诗里的细节描写,本来不可能像小说和戏剧写得那样多和那样详细。特别是由于中国古诗的语言精练、含蓄、声调作用以及富于抽象描写等特点,以中国古诗里的细节描写同近代及现代小说、戏剧里的细节描写比较起来,中国古诗里的细节描写显然有其简练的特点,是不可以同近代及现代的作品等量齐观的。"[1]"我们以前讲杜甫、白居易的'新乐府',总是溯源于汉乐府,好像自汉至杜白这一段期间中断了似的,现在可以明白,在这一段期间,至少鲍照是起了衔接的作用的。"[2]

在构建文学史的大轮廓中,先生对于具体细节的文学现象,诸如文学手法、文学语言、文学研究方法等,都会结合具体作品深细研讨,从而使文学史是建立在对历代文学深切观照与具体把握基础上的文学史,从而力避空虚浮泛的类语言、群语言的泛泛之论。如在谈到文学的修辞手法时,先生会从中国诗歌的源头《诗经》谈起,通过细节史的细论,勾勒出中国诗歌的含蓄特色:"中国诗常常利用比兴对于事物进行抽象的描写。如《硕人》写妇女之美:'手如柔荑……螓首蛾眉',就是抽象的描写,而不是具体的描写。……抽象描写的好处在于以另一物唤起对于此一物的具体感觉,而不是对于此一物具体感觉的具体描写。这样唤起的具体感觉,常常既是浑然一体的,又是部分突出的,

---

[1] 李嘉言:《李嘉言古典文学论文集》,上海古籍出版社,1987年,第2页。
[2] 李嘉言:《李嘉言古典文学论文集》,上海古籍出版社,1987年,第124页。

而不是对于全部细节都有具体突出的感觉。如以'月出皎兮'比'佼人僚兮',使我们感觉到的是:这个美人的美有如明月一般,这就是浑然一体的感觉。美人的洁白、丰满,犹如明月的洁白、丰满,这就是部分突出的感觉。但美人的眼睛、眉毛等如何,就不得而知了。"①

对于古诗的修辞的探究,李先生不仅注重传统的分析,也时而用到中西比较的研究方法,如在《读诗偶得》中对"玉壶冰"一词的来龙去脉进行详论:

> 王昌龄《芙蓉楼送辛渐》"一片冰心在玉壶"是从鲍照《白头吟》"清如玉壶冰"蜕化而来的。鲍照虽然也是拿"玉壶冰"来比喻人的心迹,但他用的是一种"明喻"(Simile),不如王昌龄用"隐喻"(Metaphor)给人的印象更为深刻。唐代诗人袭用鲍照这句诗的,在昌龄之前还有骆宾王的《别李峤》:"离心何以赠,自有玉壶冰。"与昌龄同时的有王维《赋得清如玉壶冰》"若向夫君比,清心尚不如",岑参的《送张献心归河西》"清冰一片光照人",和李白的《赠范金卿》"为邦默自化,日觉冰壶清",又《赠韦侍御黄裳》"但勖冰壶心,无为叹衰老"。在昌龄之后又有李商隐的《别薛岩宾》"清规无以况,且用玉壶冰"。这些句子除了鲍照和王维如原意是说的女性贞洁之外,其余的都是说男性清高或清廉。昌龄这首诗是他谪为江宁丞时作的。岑参《送许子归江宁

---

① 李嘉言:《李嘉言古典文学论文集》,上海古籍出版社,1987年,第4页。

因寄王大昌龄》说:"王兄尚谪宦,屡见秋云生;孤城带后湖,心与湖水清;一县无诤辞,有时开道经。"可知他的朋友也认为他是心如冰壶清的。①

在研究中先生更多的是运用文献的研究方法,如《读诗偶得》中对岑参诗"花门山头黄云合"的考证:

> 岑参《田使君美人舞如莲花北铤歌》"花门山头黄云合",王荆公《唐百家诗选》作"花开山头黄云合"。骤然看来,好像"花开山头"容易了解,但你如要晓得唐甘州张掖郡有"花门山堡"这个地方,又晓得岑参确曾到过张掖,你将以为"开"字是个错字。是的,明正德本及《全唐诗》《岑参集》都作"花门",岑公并且另有《戏问花门酒家翁》一诗,《凉州馆中与诸判官夜集》诗内也有"花门楼前见秋草"的句子,那么,《百家诗选》所以误成开字的原因,固然可以是形近而误,但也很可能是后人不解原句而妄改。下文"白草胡沙寒飒飒",《百家诗选》胡作明,恐怕也不见得对,因为正德本及《全唐诗》都作胡,不过这个字关系尚浅,就会是"明沙"却还使得。"花门山"是个专名词,却不能轻易放过。校读诗集的异文本是件难事,但若求了解得透彻,就必得明白这关系轻重的地方,就必得考证。②

---

① 李嘉言:《李嘉言古典文学论文集》,上海古籍出版社,1987年,第325页。

② 李嘉言:《李嘉言古典文学论文集》,上海古籍出版社,1987年,第226-227页。

"读诗必须考证",这是李嘉言先生研究古典文学的经验之谈。对于"花门山"的考证,首先在于先生阅历广和见闻博,知道有"花门山"这个地名的存在;其次,先生在考证过程中注意全面考察作者诗作,以岑参自己的诗作来考证"花门山"的确凿,这就需要平时的积淀,即所谓"读万卷书";第三,先生考证过程中注意相关诗作著录流传的版本情况,通过版本的比对再参以他证等,得出正确的考证结论。这种考证的功力是需要长年坐冷板凳才能渐至佳境的,是硬功夫。对于古典文学的研究,这是最关键的基础,也是最难得的学养所在,先生正是有了这种厚实的学术基础,才有可能发现《全唐诗》的诸多不尽如人意之处,才会勇敢地提出《改编〈全唐诗〉草案》,其中先生明确谈到改编《全唐诗》的理由是其"讹误百出,舛戾迭见"①。

先生在考证中还特别注意以史证诗,如对贾岛《送雍陶入蜀》"日斜褒谷鸟,夏浅隽州蚕"进行考证:

> 《唐诗纪事·雍陶门》引"蚕"作"蛮",这个异文如果不凭考证,你将难以取舍。据我们所知,这首诗是太和三年作的,贾岛作这首诗送雍陶入蜀之后,不久雍陶即自蜀返回长安,贾岛又作《喜雍陶至》一诗以迎之,其诗云:"鸟度剑门静,蛮归泸水空。"以这首诗"鸟""蛮"属对看起来,上一首诗的"蚕"字似乎也应该是"蛮"字,如果再考究一下当时的

---

① 李嘉言:《李嘉言古典文学论文集》,上海古籍出版社,1987年,第202页。

史实,那就更明白了,原来太和三年南诏蛮曾入寇成都,雍陶这年回蜀省亲,正赶上这件事情,所以贾岛送他入蜀以及迎他回来的两首诗中也都提及这事,并且都以"鸟""蛮"属对,这怕不是偶然的吧?①

先生的考证,首重以本人诗作证本人诗作,再以相关时事、地理、行迹等相互参证,从而得出确凿结论,令人信服。他说:"文学作品所反映出来的社会生活、历史及历史的人物形象,本来是最可靠的最真实的历史及历史的人物形象。所以如果在某一时代的文学作品中已经看见了其时的社会生活,那就不一定要再找史料予以证明。不过,为充分明白事实及相互参证起见,谈一下在通常史料中所见当时的情况,却又并非不必要。"②

读李嘉言先生的古典文学研究相关文章,会真切地感到先生对于"人"的尊重、对于"生活"的尊重、对于"史"的尊重。先生会把这些尊重一一真切地落实在相关的研究中,以其诗的灵性和美妙的文笔,用心血对我们的古代文学作家作品"文学呈现"的经典进行"人"的观照,在观照中去发现人、发现生活、发现历史、发现中华民族生生不息的精神传承和血脉沿袭。先生之人,先生之文,相信会在历史的长河中,得到应该得到的定位和评价。

---

① 李嘉言:《李嘉言古典文学论文集》,上海古籍出版社,1987年,第227页。

② 李嘉言:《李嘉言古典文学论文集》,上海古籍出版社,1987年,第183页。

第一章　萌志家乡:蓄道德而能文章

在华北平原的西南边陲,在黄河中下游与沁河的交汇处,镶嵌着一颗璀璨的明珠——历史文化名县武陟。武陟夏为覃怀,周为怀邑,秦置怀县,隋开皇三年(583)设怀州,开皇十六年(596)设武陟。① 其地水陆交凑、四通八达:西通关中,东临汴梁,北接代燕。历来人文荟萃,文风极盛。清乾隆年间河北道移驻武陟,先后创办了覃怀书院、安昌书院、河朔书院和致用精舍等,使得该地文脉显著于一时,更有西晋"竹林七贤"之山涛、向秀等流风余韵影响不绝如缕,又有得天独厚之地理位置,使武陟尽显物华天宝、人杰地灵之风范,风流文脉,代有传承。

1911年5月14日,李嘉言出生于武陟县大虹桥乡布庄村一个世代耕读之家。他是家中长房长孙,父亲李士翔一生做地方财政官员,清正廉洁。父亲的言传身教对李嘉言影响极大,他曾在晚年深情地回忆父亲说:"我之所以能勤奋读书,我父亲对我的影响不小。在旧社会,一个做财政的官吏,有了一定的地位,能不贪钱、不抽大烟、不纳妾,办事认真黾勉、出手清白的不多,

---

① 参见武陟县地方史志编纂委员会编《武陟县志》,中州古籍出版社,1993年。

我父亲是一个。"①

关于李嘉言的家世,李之禹在《李嘉言的家风家训家教》一文中有比较详细的叙述:

> 李嘉言的远祖曾经很穷。1948年7月12日,李嘉言在布庄家中抄写《李氏家谱(简记)》时,定李兆元(连科)为始祖。兆元幼时随父乞讨。除夕风雪夜,父子俩蜷缩在老城十字街口一饭庄檐下,寒馁交加。父亲看店内灯红酒绿、觥筹交错、肉香氤氲,颤声对抱着他的儿子说:"你啥时候也能叫爹吃上一口饱饭呀!"这是300年前,康熙三十九年(1700)前后,在武陟老县城东西大街十字路口,一个除夕风雪夜,在鞭炮齐鸣、锣鼓喧天、旱船舞龙、张灯结彩的一片欢腾喜庆中,无人会注意到的一幕……兆元立志成才:八九岁做苦工,勤学苦练,诚信待人,终成为富商。他教育子孙:诚信做人,勤劳立家。兆元子玉金谨守父训,生意大发展,让四个儿子都读书,四个儿子不论做官、经商、务农,都自律甚严,做事勤恳,待人宽厚。清末世衰,生意败落。李家百年来耕读传家,家风淳朴。虽有做小官吏者,不成气象。历四世,有七世孙李嘉言者,始头角峥嵘。

据李之禹文配图所注:"李氏先祖很穷,原住在炉灰圪垱(今韩原村)。二世祖玉金公成为富商后,晚年购下布庄李氏故居,又在小官庄村南购下60余亩李氏坟茔。今余6亩多。"另据

---

① 李之禹:《李嘉言纪念文集》,河南大学出版社,2015年,第521页。

李之禹《李嘉言简历及著述简表》一文，我们可以对李嘉言早期经历有一个比较清晰的了解：良好的家风使其自幼就养成勤奋刻苦、热爱读书、踏实认真做事的好习惯，1923年，12岁的李嘉言以优异成绩毕业于家乡的高等小学堂，并于同年考入怀属八县的最高学府——沁阳县河南省立十三中学。

第一节 郭晓棠之于李嘉言

就读沁阳县河南省立十三中学时期对于李嘉言来说有着很重要的意义：在此期间他与同学郭晓棠性情志趣深相契合，终成挚友，这是李嘉言早年在河南家乡读书求学期间，对其人生志业产生直接和深远影响最大的一个人。

为深刻了解郭李交游对嘉言先生的意义，我们有必要对郭晓棠生平做简要回顾。

郭晓棠是穆青"走向革命道路的启蒙老师"[①]，1910年4月17日出生，原名郭全和，别名萧棠、郭静波、祥庭等，沁阳县紫陵乡西陵村人。1932年4月加入中国共产党。历任中共豫西临时工委书记、中共豫西特委组织部部长、宣传部部长、中共豫西省委委员、宣传部部长、中共河南省委委员、宣传部部长等。解放初期，历任河南大学文教学院副院长兼政治系主任、中共河南省委宣传部副部长、中共郑州大学党委委员、副校长等职，在河南

[①] 穆青：《我走向革命道路的启蒙老师郭晓棠》，载中共河南省委党史研究室编《郭晓棠纪念文集》，河南人民出版社，2004年，第4页。

省宣传、理论和教育战线上留下了浓墨重彩的一笔。

郭晓棠1923年夏考入沁阳县河南省立十三中学，从"改良私塾"转入正规的学校，其学习和生活都发生了很大的改变。在"改良私塾"里，他学的是四书五经等文言文，到十三中后学习内容则全变为白话文，逐渐接触到科学民主新思潮。入学不到半年，为广见闻、开眼界、博学识、求真理，他转而到当时的河南政治文化中心开封求学读书，"从此，踏上了追求知识、追求真理的征程"①。

郭晓棠1924年夏天同时考入河南省第一中学、河南省第一师范和中州大学附属中学，他最终选择了中州大学附属中学。在此处前后学习近9年，奠定了其一生的思想文化基础。

1927年4月前后，放假在家的郭晓棠和此期间在家的一批青年学子成立了青年团体"谔声社"，它包括了沁阳县西北乡所有进步青年。他们与沁阳县西南乡部分青年成立的"三五学社"进行联络，对于县政进行批评和建议，在沁阳县城打出了反封建和打倒土豪劣绅的标语。不久，北伐军占领河南，郭晓棠于1927年6月升任国民党沁阳县党部筹备委员，并担任宣传部长。同年秋天，河南中州大学改组为河南中山大学，郭晓棠遂辞职考入该校攻读历史。

李嘉言亦于1927年考入河南中山大学(1930年9月改名为

---

① 中共河南省委党史研究室编《郭晓棠纪念文集》，河南人民出版社，2004年，第4页。

河南大学),为学生会骨干。

郭晓棠在入学后即被选为学生会候补执行委员,成为学生会主要负责人之一。1928年至1930年,是郭晓棠思想发生转变的关键时期,他亲眼看到国民党一系列的荒政乱政,对于国民党的幻想日益破灭,遂在沁阳县西北乡紫菱镇一带参加了农村反封建迷信和旧风俗的一系列斗争。为启民智力,郭晓棠在紫菱镇创办起一所包含初级高级的完全小学校(完小)。1931年"九·一八事变"发生后,国共两党对日本帝国主义的不同态度使他越来越清晰地认识到:只有共产党才能救中国,从而使他义无反顾地走上了革命的道路。鉴于郭晓棠思想的先进性和卓越的执行能力,1931年9月河南大学全体师生成立"反日救国委员会"时,他众望所归地被推选为主席。

此期间李嘉言与郭晓棠过从较密,二人性情志趣深相契合,所以成了志同道合的朋友。郭晓棠当时创办《霜剑》刊物,李嘉言曾在上边发表多篇诗文,为刊物的发展积极贡献自己的热情和力量,此刊物毫无疑问是李嘉言受郭晓棠影响的直接见证。此外,在郭晓棠及当时革命思想的影响下,李嘉言通过多种渠道阅读了许多与共产主义思想相关的进步书籍和报刊,并积极参加学生中的一些进步的革命活动,是中共沁阳第一个党支部的创始人之一。李之禹在《李嘉言简历及著述简表》一文中如此概括郭晓棠对李嘉言先生深刻具体的影响:"由于性情爱好相投,与同学郭晓棠结为好友。在郭晓棠的影响帮助下,特别是在北大毕业的、参加过'五四'运动的国文教师的教导和熏陶下,也受到'五卅'等运动掀起的全国大革命形势的激励,李嘉言思想倾向于革命,参加了同学中的一些进步活动,传阅也订购了一些宣传革命及马列主义的小册子和杂志。同时,初中毕业时,他已经确立了'有志于古典文学'的学习方向。"

第二节　王大中之于李嘉言

除郭晓棠外,另一个对李嘉言影响较大的是王大中。

王大中,字天声,1906年出生于武陟县老城,1924年就读于河南中州大学,1925年春加入中国共产主义青年团。王大中积极追求进步,在中州大学积极参加青年协社、救国会、读书会等革命组织,传播进步思想,并经常召开地下会议,秘密组织开展革命活动。根据河南中州大学地下党组织的指示,1925年夏,他在开封发起并成立"武陟旅汴学生会"(参加者40余人),创办会刊《武陟学生》等,利用各种渠道积极、广泛宣传马列主义,培养了一大批武陟籍的进步学生。李嘉言与王大中本就是亲戚,但二人真正关系密切则与一所学校相关,这所学校就是河朔中学堂,该学校几经易名,于1922年改为河南省立甲种第二商业学校[①]。正是在这所学校里,李嘉言与王大中接触开始密切起来。

李嘉言于1926年秋以优异成绩考入开封省立二中(校址即今开封十四中)。省立二中在"五四"运动期间坚持与时代潮流

[①] 参见武陟县地方史志编纂委员会编《武陟县志》,中州古籍出版社,1993年。

同步,传播马克思列宁主义思想和科学文化知识,成为当时开封"五四"运动重要的策源地和运动中心,为反帝反封建的爱国运动做出了突出贡献,赢得了很高的社会声誉,使省立二中成为当时与北平师大附中、天津南开中学等齐名的"全国八大名中"之一。先后培养出一大批在各个领域享有盛誉的文学家、科学家、政治家和社会活动家,如翻译家、散文家曹靖华,历史学家、文学家、中国人民大学教授尚钺,中科院院士冯景兰和高振西,河南省原省长吴芝圃,北京市原市长焦若愚,文化部前副部长王阑西,著名木刻家刘岘等。置身于这样人文荟萃的环境中,无论在思想上还是学业上,李嘉言都深受无形的浸润和熏陶,对他的人生势必产生深远的影响。该校弥漫的浓郁的进步思想感染着、激励着李嘉言,他毫不犹豫地积极投身到进步的学生运动中来。

1926年年底,河南还是军阀吴佩孚的根据地,当时南方的革命力量与反革命的武装斗争严重而激烈,直系军阀受到重大打击。为补贴军需,河南教育经费被挪作军费,加上北伐声势的日益浩大,1927年4月北伐军进入豫南。作为省政府的开封更是人心惶惶,教员无心教课,学生更无心上课,开封各校不得不停课放假,大部分学生只能返乡。李嘉言正是在此期间回到了家乡武陟县大虹桥乡布庄。本来就饱受革命思想熏陶的李嘉言在回乡期间受到远房表哥王大中思想的影响,为以后走上革命道路打下了更加坚实的基础。

1927年7月,王大中暑假返回家乡,就在位于武陟的河南省立甲种第二商业学校宣传马列主义。在王大中的倡导下,成立了武陟学生总会(共有学生200余人),由王大中任总会会长。他还组织暑期返乡的武陟籍学生开办"平民夜校",成立"武陟县平民教育促进会",提高平民文化程度,宣传革命思想,为发展武陟农村党员做准备。同时,组织"武陟青年学生讲演团",分组深入广大农村宣传反帝、反封建的革命道理。学生总会带领学生积极开展各种革命斗争,产生了广泛的革命影响。

1926年春,王大中正式加入中国共产党。他根据党的指示,邀请河南中州大学的同学、留苏学生屠庆祺来河南省立甲种第二商校演讲。屠庆祺与梁漱溟交谊颇深,又名杜沧白、杜畏之,1925年至1928年在莫斯科中山大学学习和工作,并在当地加入了中国共产党。1928年回国后,先后在河南共产主义青年团省委宣传部、上海共青团中央宣传部工作。毫无疑问,王大中邀请屠庆祺来武陟演讲的一系列活动,不但开阔了李嘉言和其他学生的眼界,也使得李嘉言比较早地受到了马列主义的启蒙教育,为后来李嘉言走上革命道路起了重要作用。

在王大中精心组织和安排的一系列宣传与革命思想有关的活动的直接影响下,李嘉言思想上获得了长足的进步与发展,他积极要求进步,主动向党组织靠拢,终于如愿以偿地加入了中国共产主义青年团,并参加了"武陟学生总会"传阅、印刷革命刊物和宣传马列主义等一系列活动,从而成为武陟籍进步学生中的一名骨干成员。1927年9月底,中共河南省委遭到破坏,国民党密电通缉王大中。王大中当即隐蔽乡间,秘密指导省立武陟第十四中学党组织的工作,将学生支部分为东斋(高年级)支部和西斋

(低年级)支部,加强了支部的领导力量。在白色恐怖的艰危环境中,在温课之余,李嘉言还是经常到老城内王大中家里开会,读革命书籍、党的文件,到木兰店省立武陟商校聚会、演讲、抄录、印刷传单,给工人夜校讲课,到农村宣传、组织农民协会等。

李之禹在《李嘉言简历及著述简表》中概括总结了此期间王大中对李嘉言先生的深刻影响:

> 在其表兄、中州大学学生共产党员王大中(1927年加入中国共产党,1928年1月由共产党河南省委任命为武陟县委第一任县委书记)的反复开导、帮助下,李嘉言加入了中国共产主义青年团。在家长严厉管束下,除了读书温习功课外,还经常到王大中家开会,读革命书籍、党的文件,到木兰店省立武陟商校聚会、演讲、抄录、印刷传单,给工人夜校讲课,到农村宣传,组织农民协会。

1927年秋,开封各校复课,李嘉言进入各校合并的"大一中"继续高中学业。1928年2月通过口试转入开封河南(第五)中山大学(河南大学前身,北伐时期,国民党按照北伐顺序命名沿途各省的大学,故有此名)国文预科学习,也是机缘巧合,又与郭晓棠成为同班同学。此期间李嘉言经常用"泽民"作笔名在郭创办的《霜剑》上发表诗文,继续从事革命活动,并担任"武陟旅汴同学会会长"。本着革命与学习两不误的理念,此期间的李嘉言一直很好地坚持着文化课的学习,勤学不辍使他积累了扎实的国学基础,先后接触到的老师有缪钺、刘盼遂、张邃青、马非百、嵇文甫、蒋镜湖、郭翠轩、杨子固等。加之本就有着因勤学精思而有的深厚积淀,所以李嘉言的国学学业得到极大精进,为其以后的学术生涯打下了坚实的基础。同时,他以共青团员积极分子的秘密身份积极从事革命活动,和同校的郭晓棠、王大中、张杰民、李峻之以及外校的李炳之(李炎)、杨鸿璞等到各工厂和学校宣传发展团员。

这时期,冯玉祥任河南省主席,政治环境相对宽松,但1927年6月"郑州会议"特别是"徐州会议"后,冯玉祥公开反共"清党",中共河南省委、市委屡遭破坏,共产党员、共青团员大批被捕。1927年底,经常与李嘉言联系进行革命活动的河南(第五)中山大学学生、共产党员张杰民(女)等10多人被捕(张次年春获释,仍继续与李嘉言联系进行革命活动),1928年4月,河南(第五)中山大学学生李峻之(原名刚峰,字毅,南召人)被捕入狱,河南省委任命李嘉言和两河中学团支部书记李炳之与河南第一师范学生杨鸿璞组成新的共青团开封市委,李嘉言任团市委书记,负责宣传和组织学生运动工作,也做工人运动组织工作。不久,因叛徒出卖,李嘉言被捕,当局迫于无直接证据很快将其释放,才出囹圄,有着坚定信念的李嘉言又怀着极大的热情再次义无反顾地投身到革命工作的滚滚洪流中。当年12月,中共河南省委通知李嘉言隐蔽转移的文件被截获,李嘉言不幸再次被捕,关在河南省第一监狱,后转入省府后街第四巷"反省院"开始遭受严刑拷问。本就一介书生,岂堪遽遭摧折;早怀满腔热血,誓愿甘洒青史!为了追求革命真理,为了追求一个新中国的梦,李嘉言硬是以瘦骨成傲骨,化弱肩为铁肩——骨可折但心难屈,肩虽弱而志不磨。坐老虎凳、灌辣椒水等酷刑使得李嘉言几次昏死过去,但他仍坚贞不屈,从未供出组织和同志。反动派一无收获,将李嘉言送回省第一监狱继续关押。当时在第一监狱关押的党员、团员和革命者有300多人。在狱中党支部的领导下,李嘉言参加会议、阅读进步书籍、传阅各种进步刊物。从偶然保存下来的一本1927年2月上海中华书局印行的陈钟凡著《中国文学批评史》可以看出,这是李嘉言带进狱中学习的专业书籍之一。书中用毛笔批注较少,大都是用铅笔批注的。从批注可以看出,预科二年级,他对文学史、音韵学、诗词格律等已有很精深的见解和修炼。书后用铅笔写下的一首狱中诗,在2013年4月被偶然发现。诗中写道:

六月新雨霁

囚人偏多喜

夜来天气凉

可以安然息

树巅鸣高蝉

西山日未敧

雨收云不断

露光依旧返

流水乘兴去

农夫荷锄还

飞鸟帘前过

愁人独夜看

第一章 萌志家乡：蓄道德而能文章

深巷犬正吠

星河明清天

如何凄凉狱

灯下门未掩

何起吟此句

笑颜已然开

"凄凉狱"中，吟诗而"笑颜已然开"，显示出李嘉言"至大至刚"的浩然正气，"威武不能屈"正是其中应有之意。诗风颇似陶渊明，正可见出诗人"不为五斗米折腰"的铮铮傲骨。李嘉言被关在狱中9个多月，虽然受尽折磨，但勤学、笔耕不辍，曾写过大量诗文，上列之诗确知是李嘉言最早的诗作。当时他18周岁，坐牢已7个月。

1929年9月，蒋冯中原大战，冯玉祥退出河南，韩复榘倒戈主豫。开封党团组织利用蒋冯矛盾，在开封市委的领导下，组织营救被捕党、团员的营救委员会，发动社会各界力量采取多种渠道积极开展营救工作，1929年夏，李嘉言家人携带大量物品到开封，会合当时在开封担任律师并担任法政学堂教习的李嘉言的三爷李澯疏通关系，又找到证明材料，李嘉言于9月被"无罪"释放。① 出狱后，李嘉言仍入河南(第五)中山大学预科继续学习，重读预科二年级课程。

---

① 参见中共开封市委党史研究室编《中国共产党开封历史大事记》，中共党史出版社，2001年。

第二章 研读清华：邃密群科图济世

1930年8月李嘉言考入清华大学中国文学系。当年5月，中原大战爆发，罗家伦校长辞职离去①，清华进入长达十个月的无校长时期。1931年4月，吴南轩任校长；7月翁文灏代理校长②；10月14日，国民政府任命梅贻琦任清华大学校长。12月31日，梅贻琦就任，确立清华大学以学术谋发展的基本方向。这个时期正是清华大学文学院中国文学系的繁荣鼎盛时期。

清华学校1925年加办大学部，成立国文系，聘朱自清先生为教授，校址在北京西郊清华园，环境幽美，图书丰富，国文系中多老一辈学人。1925年3月，清华学校增设"国学研究院"，聘王国维、梁启超、陈寅恪及赵元任为四大导师，学术空气浓厚。1928年杨振声任文学院长兼中国文学系主任，气象一新，新的计划是尽可能向新文学方面发展，朱自清先生亦参与草拟方案。1930年杨振声离校，冯友兰先生任文学院长，朱自清先生继任为中国文学系主任，此后数年（除了1931年休假旅欧一年外）清

---

① 据《朱希祖日记》1929年3月24日，"朱自清、张晓初自清华来，谈清华学生拟逐罗家伦校长事"。见朱元曙、朱乐川整理：《朱希祖日记》，中华书局，2012年，第143页。

② 翁文灏曾在1929年任清华大学边疆研究会文书。详见朱元曙、朱乐川整理：《朱希祖日记》，中华书局，2012年，第119-120页。

华大学中文系主任一直为朱自清先生。当时中文系名师荟萃，名教授有陈寅恪、杨树达、黄节、刘文典、俞平伯、闻一多、王力等，一时称盛。①1932年底，清华中文系制定并通过了《中国文学系改定必修选修科目案》并于1933年施行，此方案注重新文学和外文等方面的课程，同时开始向古典文学教学与研究方面有所侧重，增开了《国学要籍》等系列课程，着力培养古典文学研究人才，这项举措对于李嘉言先生的学术生涯来讲，毫无疑问是极其关键的。

人才难得，培养人才的环境尤为难得。以李嘉言先生之资质和一贯勤奋专研的精神，置身于这样的大环境中，"日就月将，学有辑熙于光明"，自是必达之学术境界。

第一节 熏在清华

一所大学绝不仅仅培养专门人才，更需要有为国家为时代培养有信仰有担当有情怀的社会精英的基本理念，我们从李嘉言先生身上可以非常清晰明确地感知到这一点。某种意义上可以这样认为：清华时期对于李嘉言先生来讲是一大关捩点，在这个人生关键点上，李嘉言先生从思想到学养、从视野到胸怀、从人生到文学等都逐渐走向成熟。这在他一系列的论文、专著中都能够比较明显地体现出来，如在《关于〈诗经〉及我国现实主

---

① 浦江清：《朱自清先生传略》，载浦汉明编、季镇淮审订《浦江清文史杂文集》，清华大学出版社，1993年，第21页。

义的形成问题》中谈到文学与人生的关系时说:"《诗经》所反映的社会生活面既是很广阔的,而社会生活的中心是人,所以在反映各种社会生活之中,不可能不同时反映了人民的品质与性格。"①这就讲出了文学的中心所在:"人"是社会关系的总和,文学既然以"人"为中心,必然离不开对"人"的社会关系的书写。在各种各样的社会关系中,"人"被不同的社会关系"映照"出不同的侧面。看似碎片化的映像中有着"人"相对稳定的一面,而这相对稳定的一面是"人"之所以为人的必然性所在,也是古今中外文学经典塑造典型人物形象的基本要素。对文学深刻透辟的理解,使得李嘉言先生的学术熠熠生辉、卓然不群。

李嘉言在清华所受的学术熏陶,无异为其以后走上专业研究古典文学的学术道路打好了坚实的基础——尤其是在唐诗整理与研究方面,最能显示出清华学风的影响。

清华古典文学研究上最突出的就是注重史料文献的收集和整理,王国维先生的"二重证据法"提出:"吾辈生于今日,幸于纸上之材料外,更得地下之新材料。由此种材料,我辈固得据以补正纸上之材料,亦得证明古书之某部分全为实录,即百家不雅训之言亦不无表示一面之事实。"这种把发现的史料与古籍记载结合起来以考证古史的方法,对20世纪中国学术研究产生了巨大的影响。"二重证据法"对于古典文学研究的价值在于:它率先注意到了传承文献的真伪需要考辨,对于研究作家作品而

---

① 李嘉言:《李嘉言古典文学论文集》,上海古籍出版社,1987年,第1页。

言,考证其生卒年、交游、仕宦、地名的沿革等毫无疑问是极其关键的。

这种治学精神与治学思路对李嘉言先生后来在学界率先提出重新整理《全唐五代诗》不无影响,因为清编《全唐诗》中作家作品错讹漏处和重出误收诗颇多,需要根据"纸上文""地下物"等各种文献互相印证进行考订纠谬。事实上,后来李嘉言先生在河南大学倡导建立的唐诗研究室正是以此为主要学术目标而成立的。河南大学的唐诗研究和唐诗研究室,对于"唐诗整理与研究"的贡献,学人心中自有评判——这是学自清华的学术传承和学术襟怀在李嘉言先生身上的典型体现,可以概括为这是以实际行动"维护唐诗的气魄和精神"。

影响到李嘉言先生及其唐诗研究的,还有闻一多先生。闻一多先生秉承着朴学的治学精神,他在清华的古典文学研究多从史料、文字、词义等"细"处入手,注重对一些具体问题的深细挖掘与探究。而这些问题一般或已有定说,或一般不为人重视,但在作家作品甚至是文学史上却是极其关键的要素。从李嘉言先生一系列古典文学研究成果来看,走的正是闻一多先生的治学道路。

提到全唐诗的整理与研究,必须提到陈寅恪先生的"诗史互证"。20世纪30年代,陈寅恪先生的治学重点转向中古史研究,他认为"唐诗有很多材料,可补充唐史料的缺乏":"唐史的材料虽不少,但多重复。重复可以有所比较,也有它的好处。史料却少得可怜。加之所有的史料多注意政治,其他各方面的则更少了。因此我们只好到地下去寻找碑铭一类的文章。这种文章有一部分是有用的……还是唐文集里的墓志,内容比较有价值。……唐诗有很多材料,可补充唐史料的缺乏。"①这种研究方法在其《元白诗笺证稿》等论述中得到最鲜明的体现,为学界的相关研究拓展了思路。当然,李嘉言先生关于唐诗的一系列研究成果的取得,从"诗史互证"中是得益颇多的。

说到李嘉言先生京华求学对其以后学术的深远影响,自然不仅仅局限在清华,还需要考虑到清华外的学人。如当时北京大学的朱希祖先生于文史皆用功颇深,尤其在史学上更甚。他与当时的清华校长罗家伦、陈寅恪颇多交往。据朱希祖先生的日记记录,在1929年1月1日,由其发起"中国史学会",其中即有罗家伦。朱希祖对史学的倾尽心力对李嘉言以后的学术生涯也产生了间接影响——1929年1月9日,他在清华大学设立边疆研究室②——李嘉言后来在河南大学设立"唐诗研究室",很难说没有受到其启发,两个"研究室"均重"史"。这自然是有其时代渊源与传承的,"清末经学的不可遏止的衰退,积贫积弱的民族危亡的现实,使经世致用的史学成为民族复兴的资源与希望。章太炎《论经史儒之分合》曰:'承平之世,儒家固为重要;一至乱世,则史家更为有用'"③。"经世"是治史之旨,更是为学

---

① 陈寅恪:《讲义及杂稿》,生活·读书·新知三联书店,2002年,第483页。
② 朱元曙、朱乐川整理《朱希祖日记》,中华书局,2012年,第116-120页。
③ 朱渊清编《朱希祖史学史选集》,中华书局,2019年,第3页。

之魂。这一点贯穿朱希祖先生一生,亦是其创办"边疆研究室"的初衷。就这一点来讲,李嘉言先生创办"唐诗研究室",着眼点首先在于"整理与研究",即在"史"的基础上进行"文"的研究。

文学即人学,人生存的具体历史语言环境是文学生成的原环境,所以只有把文学尽可能地放置在原环境中,才是唯一无限接近文学本旨的路径。唐诗作为有唐一代的文学代言者,最大限度地保存着那个时代的气息,是解读唐代的信息源和密码。正史多记录宏大,而罕及细微,所以普通人和普通人的生活,普通人的喜怒悲欢、爱恨情仇、泪水和梦想等,都需要在文学尤其是唐诗中去发现,进而走近、走进那个诗歌的时代,即"诗唐"的时代,从而洞察唐代在历史上、在当下的存在意义和影响。抛开历史的意义不谈,即便是从日常生活的角度来谈,唐诗之于当下的影响,也绝不仅仅是诗意和远方,它对于人的精神世界的改造、对于人的心灵丰洁的引领、对于人的心理平衡的调试等的潜移默化作用,都是无可替代的。这一点,会随着历史的发展,越来越明晰。

所以,唐诗的意义有多大,"唐诗研究室"的意义就有多大,李嘉言先生的影响就有多大。

第二节 学在清华

20世纪二三十年代的清华,校园文化繁荣一时,其中尤其以诗文和戏剧创作成绩最为沛然。诗文和戏剧作品为丰富多样的社团活动提供了异彩纷呈的文本,受到各种形式的师生社团的热烈欢迎,从而把文本转化为活泼多样的文学社团活动,吸引了诸多师生共同参与,其中一项业绩就是1928年12月中文系师生成立了"中国文学会"。成立文学会的主要目的自然是以文学研究为第一要义,但绝对不是闭门造车式的死读书、读死书。文学研究是为现实人生的,而文学的灵魂是"情感"。研究文学者如果缺乏丰富的情感,自然很难在这个领域有长足的发展。而如果对文学和文学研究始终抱有浓厚兴趣并乐此不疲甘老是乡者,自然在对文学"情感"的理解和接受上会有"凌云一笑见桃花,三十年来始到家"的灵犀相通感。这样的文学创作者和文学研究者多了,毫无疑问会为清华中文系的发展积聚一批后劲力量。基于此,"中国文学会"明确提出了"研究文学,联络感情,谋求中文系的发展"的创办旨归。为切实落实,"中国文学会"于1931年4月15日创办了刊物《清华中国文学会月刊》(该刊自第二卷第一期改名为《文学月刊》,至1933年停刊),由浦江清先生任编辑,其间先后任编辑的还有朱自清、郑振铎、俞平伯等。[①] 这四位先生的文学著述和文学研究以及在中国文学史上的地位,都是不言而喻的。由此不难看出,"中国文学会"及其刊物《文学月刊》在中国现代文学史上举足轻重的地位。有此等文学才俊作刊物领军人物,刊物的质量之高、影响之广是

---

① 参见浦汉明编、季镇淮审订:《浦江清文史杂文集》,清华大学出版社,1993年,第255页、265页。

第二章 研读清华：邃密群科图济世

非同寻常的。所以在当时花样众多、异彩纷呈的清华校园文化大花园中，"中国文学会"及《文学月刊》犹如众香国里的红牡丹，风光无限且占尽春光。

正是在这样的鼎盛时期，李嘉言先生作为"中国文学会"的重要成员之一，无论是在文学创作上还是做文学会具体工作时，都显示出了非常不俗的才干：大一下学期，在"中国文学会"第一次全体会议时被推举为庶务；大二上学期，在"中国文学会"全体会议上当选为会计；大二下学期，在"中国文学会"全体会议上改任出版部主任，并任该学会会刊《清华中国文学会月刊》《文学月刊》编辑，《文学月刊》第三卷主编，同时任《清华周刊》36卷文艺部主任及37卷至41卷编辑；1933年2月（大三下学期）被选为清华大学学生自治会代表（共53人，同有钱伟长、翁文波、林亮等），后在学生自治会代表举行第一次会议时，李嘉言作为代表出席会议，并被选举为学生自治会出版股成员；1933年3月9日，当选为清华大学中国文学会总务。

《清华周刊》创刊于1914年3月，至1937年5月共出版676期。抗日战争爆发后，清华南迁，《清华周刊》被迫停刊，1947年2月复刊后，只出了17期便再次停刊。作为学生刊物，《清华周刊》上至总编，下至发行，大都由学生负责。即便如此，它仍是当时影响力很大的综合性刊物。闻一多、顾毓琇、梁实秋、周培源、梅汝璈、贺麟、蒋南翔等都曾担任过《清华周刊》的主编、经理等重要职务，并在《清华周刊》上发表过不少文章。一般说来，文学是灵性的，是诗意的，是属于精神层面的，注重内心的感觉和把握,相对于具体事务而言是务虚的;而具体事务则是外向的,是注重精准理解工作和脚踏实地把工作落实到位的,相对于文学而言是务实的。李嘉言先生却能非常好地把二者结合起来,且干得有声有色、风生水起,显示出其卓越才干。毫无疑问,这对于先生之后的人生道路是极为有益的实践。清华无论是学术环境还是师资力量,在那个时代都堪称一流,是置身其中的莘莘学子求学成为国家栋梁的理想学校。李嘉言作为一个一直胸怀爱国热情和革命理想的青年学生,浸润于这样的学术环境中,更加被激发起对中国传统文化深细探索的热情。他把这种热情化作勤勉与执着,好学善问,有一日千里之功。但他并非只会读书,而是一如在家乡时的积极活跃,参加学生社团、组织学生活动、勤于文学创作等,凭着厚实的文学基础和对文学的敏锐以及一以贯之的踏实肯用功,李嘉言很快成长为清华校园文化的骨干之一,为当时清华校园文化之树的繁茂奉献着自己的光和热:

> (李嘉言先生)致力于新中国河南大学国文系的建系工作。从1951年至1964年,先生担任中文系主任,为河南大学中文系的建设呕心沥血,无私奉献。任职之初,李嘉言先生就站在学术高度为中文系的科研工作做出了明确定位。他指出河南大学中文系要选择优势专业,勇于对重大学术课题展开攻关,要发出河南大学的独特声音,培养出河南大学中文系独立的学术精神。在先生主持系的15年间,中文系的教学、科研工作取得了跨越性的发展。任访秋先生的《中国古典文学研究论集》、万曼先生的《唐集叙

录》、高文先生的《汉碑集释》以及全国高校通用教材《中国文学》等学术著作与教材,先后在国内学术界产生重大影响。这些卓越的学术成果,经历了时间的考验,至今仍是这些学科研究的纲领性文献。①

李嘉言先生在河南大学行政和学术研究方面所取得的不俗业绩,除了禀赋卓异外更有在清华文学会打下的基础。清华文学会的经历带给先生最可宝贵的财富之一,就是打通了"文学"和"人生"。文学书写人生,是人生之镜;人生是文学之源,是文学之魂。在文学这面镜子面前,人生诸象尽含其中,故某种程度上如生活之"镜"可"正衣冠"一样,是可以"警世""喻世""醒世"的,起到"春风化雨,润物无声"的社会效用,从而净化人的心灵,陶冶人的情操,升华人的精神。

李嘉言先生对于文学和人生的理解和把握,促使他把文学和人生紧密结合起来,创作出了一批有着真情实感的作品并且都陆陆续续发表出来。如在《清华中国文学会月刊》上发表的《菩萨蛮》情真意切:"莺啼燕语春如海,孤烟冉冉斜阳外。远寺晚钟闲,乱鸦飞满天。迷茫云外树,河汉垂清雾。旧恨逐新愁,明月人倚楼。"②"如此词作,与那些词耆诗宿相比,功力上或有差别,但对于一位年方二十的学子而言,这样的作品足以让人对

---

① 关爱和:《李嘉言纪念文集·代序》,载李之禹编《李嘉言纪念文集》,河南大学出版社,2015年,第1-2页。
② 摘自刘超:《李嘉言先生与清华大学——兼论民国时期大学的办学经验》,载李之禹编《李嘉言纪念文集》,河南大学出版社,2015年,第237页。

其才华产生相当的期待。"①刘超先生对于李嘉言先生的文学才情如此评说:"事实也的确如此。李先生在清华求学时期就相继创作了大量诗词,日后任教时期更是与朱自清、杨振声、杨周翰等多所唱和,其诗词兴趣至晚年而不衰。可以断言,李先生毕生所创作的诗词在数量上是颇为可观的,我们期待着它们有朝一日能系统地结集出版。"②

李嘉言在清华期间,在课业、社团活动之外,也特别重交游,如与同年级外语系何凤元、施闵诰、武崇汉等同学组织了创作小组"融社",定期学习、讨论、研究中外文学作品。中国自古以来就重交游,或志同道合,或情契趣一,或亦师亦友,对于一个人的成长特别重要。

交游,实际是在交游者那里发现自己。在这个意义上说,所交游者就是交游者的人生之"镜",具有镜照之功——如白居易贬谪江州二年,本来"恬然自安",然邂逅琵琶女而"感斯人言","始觉有迁谪意"。琵琶女就是白居易的那面"镜",照出了白居易真实的自我。

对李嘉言先生早年清华读书期间的交游略作考察,即可见

---

① 摘自刘超:《李嘉言先生与清华大学——兼论民国时期大学的办学经验》,载李之禹编《李嘉言纪念文集》,河南大学出版社,2015年,第237页。
② 摘自刘超:《李嘉言先生与清华大学——兼论民国时期大学的办学经验》,载李之禹编《李嘉言纪念文集》,河南大学出版社,2015年,第237页。

出清华时期对于先生人生深远厚重的影响,比如他交往的何凤元①。正如《简·奥斯丁回忆录》所言:"在简·奥斯丁笔下那些最可人心意的人物的迷人之处,简直没有一个不是他本人那可爱的气质和热情的心胸的真实反映。"人所喜交往者,往往正是本人气质和心胸的真实反映,所致力于研究之对象,亦在某种程度上是与自己气质、心胸等深相契合的。

"有道是'横看成岭侧成峰'。对大学的认知,历来就见仁见智,现在多元大学更是复杂的多面体。在一个书斋型学者眼中,在一个漂泊列国的世界主义者眼中,在一个顶尖大学校长眼中,或在一个大国领袖眼中,大学所呈现的肯定是迥然不同的图景,蕴藏着全然不同的意涵。他们各自不同的历练、位势、修为、视野和境界,决定了他们会有不同的认识。立场决定观点。"②李嘉言这个在清华这所中国"顶尖大学"成长起来的学者,清华赋予他的绝不仅仅是后来成为一名"书斋型学者"的使命,更有从事实践的"历练、修为、视野和境界",进而决定了他对所处现实的清醒的认知,"立场决定观点",这也是他能够卓有成就于学林,终于可以以文章报效国家的根本原因。

---

① 马家驹辑:《何凤元集·代序》,红旗出版社,1988年。何凤元(1913—1977),字东辉,别名储,江苏宜兴人。1930年考入清华大学外国语文学系,大学期间就加入了中国共产党,任清华大学党支部书记,组织领导了"一二·九运动"。1936年10月,代表北平学联到西安张学良东北军做联络工作,受组织安排留在《西京民报》当编辑。后到香港中国航空公司工作,1949年11月9日香港"两航"起义,何凤元起到了重要的组织领导作用。1974年12月,何凤元出任国际民航组织理事会代表处的首任中国代表,1977年2月病逝。

② 刘超:《学府与政府:清华大学与国民政府的冲突及合作》,天津人民出版社,2015年,第10页。

第三章　人自树立:近高声自远

20世纪二三十年代的清华,"由于同美国的特殊关系及梅贻琦校长实行自由主义办校方针,进步的政治力量和学术力量得以部分地保存和发展",当时的清华,可以说是中西贯通、古今融汇,大师云集、课程多样,学术空气浓厚,一直重视英语。

> 清华大学的前身是留美预备学校,一贯具有重视外语的优良传统。陈寅恪先生掌握了十几种外国语言,早已在史学界传为美谈……清华园的历史系教师,绝大部分都能精通三四种外语……雷海宗先生在课堂上很少有中文板书,给学生指定的世界史参考书全部是英文的。①

精通多种语言,可以无障碍地进行外文阅读,对于研究无疑是极为有益的。陈寅恪先生是精通多门外语的典范人物,据吴小如先生回忆:

> 我从寅恪先生问业时,先生双目视网膜已经脱落,不能辨人眉目,只能听人声音。……先生当时还给中文、历史两系开课……由于自己不能读书,每周必须有两个下午由两

---

① 如雷:《回顾在清华大学历史系学习生活片段》,载《学林漫录》七集,中华书局,1983年,第27-28页。

位助手分别为他朗读英、日文的有关资料,借以了解当前学术动态。①

正如呱呱坠地的婴儿,一旦与母体分离,他(她)就是一个鲜活的、具有个体特性的独立的生命——尽管这个稚嫩的小生命需要足够的成长时间,但随着时间的推移,小生命在逐渐地成长,会逐渐学会自己走路、自己吃饭、自己说话、自己思考等自我鲜明的个性特征,如此则会逐渐摆脱生命旧有的束缚——正如蝉之蜕变、蛹之化蝶,会以全新的姿态呈现于世人眼前。清华与美国的关系正是如此:美国用"庚子赔款"的余额来兴办清华,初衷是为了培养造就一批亲美的文化精英,进而在精神上引领一种倾向。但随着时间的推移和时事的变迁,渐渐发生了完全相悖的位移。清华与美国的本初关系反而使学校的爱国师生相较其他学校师生而言更具有放眼世界的胸怀和眼光。从入学模式、课程设置、听课制度等方面可以最直接具体地呈现出通才教育的理念,应该就是"开阔的世界眼光"。据季羡林先生回忆:

> 清华报考时不必填写哪一个系。录取后任你选择。觉得不妥,还可以再选。……西洋文学系有一个详尽的四年课程表,从古典文学一直到现当代文学,应有尽有。我记得,课程有"古典文学""中世纪文学""文艺复兴时期文学""英国浪漫诗人""现当代长篇小说""英国散文""文学批评史""世界通史""欧洲文学史""中西诗之比较""西方哲

---

① 吴小如:《学林漫忆》,载《学林漫录》七集,中华书局,1983年,第34页。

学史"等等，都是每个学生必修的。还有"莎士比亚"，也是每个学生都必修的。讲课基本上都用英文。"第一年英文""第一年国文""逻辑"，好像是所有的文科学生都必须选的。"文学概论""文艺心理学"，好像是选修课……当时旁听之风甚盛，授课教师大多不以为忤，听之任之。选修课和旁听课带给我很大的好处，比如朱光潜先生的"文艺心理学"和陈寅恪先生的"佛经翻译文学"，就影响了我的一生。①

季羡林先生当时在西洋文学系，从这个专业课程的设置上就可看出当时的清华文学院"中西贯通，古今融汇"的办学理念和方针，"将西方文学和中国现当代文学列为必修课为当时国内大学所罕见"②，这种继承中有创新、规章中有自主的教育理念，与当时清华诸多大师的个人修为、胸襟、眼光、学识、观念等等有着密切的联系，"以大师陈寅恪和著名学者闻一多、朱自清、王力等为骨干的教师队伍在学术上显示出一种既严谨缜密又富于开创性的生气勃勃的态势"③。季羡林先生谓"陈寅恪先生的'佛经翻译文学'，就影响了我的一生"。从李嘉言先生的学术生涯看，实亦可用此语以评之。这在彼时清华教学的浑融气象下，仅仅是一个小小的经典个案而已。对外语的精熟打通了中

---

① 季羡林:《季羡林全集》(四)，外语教学与研究出版社，2009年，第87-88页。
② 徐葆耕:《释古与清华学派》，清华大学出版社，1997年，第172页。
③ 徐葆耕:《释古与清华学派》，清华大学出版社，1997年，第172页。

外系别的隔阂,打通了阅读的壁垒,无论是季羡林还是李嘉言,都得以选到自己心仪的课。毫无疑问,高妙的老师对于学生的影响是最直接也是最深远的,在学术思想、学术视野、学术情怀甚至学术方法上都会潜移默化地产生着不可估量的影响,这在李嘉言以后的古典文学研究之路上可以得到充分证明。

"在20世纪二三十年代,清华文学院的陈寅恪、张荫麟、雷海宗、闻一多、朱自清、吴宓、金岳霖、张申府、张岱年等均在中西思想的会通上做出了出色的成果。"①各位大师各有鲜明的治学方法与特点,虽个性鲜明,却有一个共性特征,即能将各种"似不相容之理论""巧于运用、调和以冶于一炉"②,显示出把古今中西融会贯通的气魄与胸襟。正是有了这样的学术氛围与环境,清华的学术才能独领风骚、世人瞩目:"王国维在考古中的'二重证'法,梁启超的'历史研究法'对中西史学思想的综合,赵元任在语言学研究中对西方理论的巧妙运用,都使中外思想'熔于一炉'。文学院建立,冯友兰执印后,更从理论上表现出'综合一切的超越心态。"③"中文系主任朱自清与冯友兰时相过从,对于建设清华新学风更是有意为之,他的《诗言志辨》等学术论文被冯友兰赞为'兼取京派、海派之长',具有宏观上的开阔与微观上的谨严。闻一多的古典学术研究既大胆又绵密,他对诗经、上古神话、庄子、楚辞的研究既富于历史感又有鲜明的

---

① 徐葆耕:《释古与清华学派》,清华大学出版社,1997年,第64页。
② 徐葆耕:《释古与清华学派》,清华大学出版社,1997年,第63页。
③ 徐葆耕:《释古与清华学派》,清华大学出版社,1997年,第63页。

时代感;其他如杨树达的汉字研究、俞平伯的红楼梦研究、许维遹的管子、尚书研究都显示出开阔与谨严相结合的特色。"①这样的开放会通的教育理念和办学方针,促成了"开阔与谨严"学术氛围的形成,从而成就了一批极有影响力的大师,自然培养出了一批各有建树的卓异人才,如张荫麟、王瑶、林庚、季羡林、钱钟书、施闳诰、武崇汉、李嘉言、李长之、安文倬等等。但开通融汇是靠着坚实治学精神与具体治学理念指导下扎实的学术功底支撑起来的。如果把整个清华学风比作无垠的湛然夜空,那么一个个学人朴实厚重的学术成就与高山仰止的学术人格就是夜空中点点闪烁的星光,星因为夜空而更加熠熠生辉,夜空则因有了繁星而成就其无与伦比的高度与辉煌。

李嘉言先生在清华所师从的一系列名师,正是这繁星中的星光。夜空含育了李嘉言先生广阔的视野与胸襟;繁星"豁蒙"了李嘉言先生的为人为学之志业。可以说,正是在清华的四年求学时光成就了李嘉言先生,也成就了一位杰出的古典文学尤其是一位唐诗研究专家。学林诸多师长,泽被李嘉言者颇多,限于篇幅,仅择陈寅恪先生与闻一多先生略叙之。

第一节 李嘉言与陈寅恪先生

陈寅恪先生 1926 年留学回国后就任清华国学研究院教授,是当时清华"四大导师"之一。1927 年,王国维于北京昆明湖自

---

① 徐葆耕:《释古与清华学派》,清华大学出版社,1997 年,第 124 页。

沉,梁启超因病离校就医,赵元任和李济则去了史语所,1929年清华国学研究院停办,成立文、理、法三学院,陈寅恪就做了文史哲三个系的教授,被称为"三系教授"。他讲授的课程主要有"佛经翻译文学""梵文文法""两晋南北朝史""唐史""唐代乐府""唐诗证史"等。陈寅恪先生无论是在学问还是在治学方法上,都对李嘉言产生了深刻的影响。1937年卢沟桥事变爆发,日军进驻北京,陈寅恪的父亲陈三立绝食以明与日寇不两立之志,在绝食五日后含恨辞世,为父守丧期间,陈寅恪右眼视网膜脱落。他冒着右眼失明的危险离开北京去长沙临时大学,又于1938年辗转到西南联大。陈寅恪先生在清华执教的这段岁月正是李嘉言就读清华大学的时光,由此二人的人生有了交集。

李嘉言就读清华大学国文系时(1930—1934),十分尊崇陈寅恪先生,选修了陈先生几乎所有讲授和专题研究的课程,收获甚大,为其一生的学术研究奠定了坚实的基础。李嘉言在其自传中曾写道:"我在清华大学相当努力地学习业务,跟着陈寅恪、闻一多老师学'考证'。"①

1934年的春天,李嘉言大四下学期,在毕业前的这一个学期,他居然不畏学术的艰深,选修了陈寅恪先生开设的"佛经翻译文学"。这门课程从名字看就能感知到非同一般的深度和难度。因为无论是"佛经"还是"佛经翻译文学",涉及的专业领域都很多,最为直接的当为阅读时的语言问题,它要求读者必须具

---

① 李之禹:《陈寅恪先生给李嘉言的信》,《书屋》2016年第2期。

有一定的国学和外文功底,对于研究者的要求之高更非一般。陈寅恪先生的国学和外文功底都是极深极好的,这一点众所周知。

  陈寅恪读书十分博杂,而基本典籍大多是少年以前阅读的,他表弟俞大维曾回忆说:"关于国学方面,他常说'读书须先识字'。因是他幼年对于《说文》与高邮王氏父子训诂之学曾用过一番苦功。"同时经典书也读得很多,并且熟记在胸。正如俞大维所说:"我们这一代的普通念书的人,不过能背诵四书、《诗经》、《左传》等书。寅恪先生则不然,他对十三经不但大部分能背诵,而且对每字必求正解。因此《皇清经解》及《续皇清经解》,成了他经常看读的书。""'三通'序文,他都能背诵,其他杂史,他看得很多。"……陈寅恪的侄子陈封怀曾回忆说:"六叔(寅恪)在十几岁以及后来自日本回国期间,他终日埋头于浩如烟海的古籍以及佛书等等,无不浏览。"[①]

陈寅恪先生的外文功底更是了得,掌握十几种语言,通晓英语、法语、德语、意大利语、俄语、希腊语和拉丁语等,还通晓我国少数民族文字并擅长古代汉语,所以能游刃有余地涉猎广泛的学术领域。其治学方法的显著特点之一是国学与西学相融合,其对于佛学的研究正基于此。

陈寅恪先生之于佛学及相关研究曾受到伯希和的影响。

[①] 马亮宽:《陈寅恪》,陕西师范大学出版社,2017年,第6页。

1913年他在巴黎学习期间,经王国维介绍认识了伯希和。伯希和早年毕业于法国国立东方语言学校,师从世界著名汉学家沙畹①。伯希和精通十四种语言,主要研究方向是中亚研究,在其所写的汉字论文中有一半是关于西北史地的,在当时的东方学界有一定学术影响,被"全世界治汉学者奉为祭酒":"毋庸置疑,在19世纪末叶至20世纪上半叶赴西域的所有外国考古探险家中,伯希和是最具权威的汉学家、西域学家和东方学家,而且是集历史学、考古学、语史小学、艺术史、文献学、汉学、突厥学、蒙古学、藏学、伊朗学、南海学、佛教、道教、伊斯兰教、基督教(包括其各宗各派)、西域夷教(景教、袄教、摩尼教、萨满教)、民间宗教专业专家于一身的学界泰斗人物,被誉为'超级东方学家'。尽管西方列强当时不惜血本,劳师动众地竞相向我国西域和敦煌派遣考古探险团,而且在掠夺文献和文物方面,个个都所获甚丰,满载而归。但从文书和文献的总体质量来看,尤其是在劫掠西域和敦煌稀见古文字文献、带题记和纪年的文献方面,拔头筹者则非伯希和莫属。因为伯希和这个汉学家,比其他人都要略胜一筹,甚至还可以说是要高明得多和专业得多、内行得多。他掠夺的文物和文献都具有较高的学术价值,大都属于'精

---

① 沙畹(1865—1918),原名埃玛纽埃尔·爱德华·沙畹,学术界公认的19世纪末20世纪初世界上最有成就的中国学大师,沙畹长期精研中国历史,翻译过大量中国史籍,如《大唐西域求法高僧传》《后汉书·西域传》等。在敦煌学佛学研究领域造诣颇深,著有《大唐西域求法高僧传译注》《北中国访古志》《泰山志》等。《北中国访古志》第二部《佛像雕刻篇》中收录了云冈、龙门、巩县石窟的图版解说。

品'之类。我们甚至可以说,伯希和劫掠的西域和敦煌文物文献,主宰了法国几代汉学家们的研究方向与领域,造就了法国的几代汉学家,推出了一大批传世东方学名著。"[1]陈寅恪先生叹此为"吾国学术之伤心史"[2]。

陈寅恪先生自幼受家庭熏陶,对以沈曾植为代表的晚清经世致用学派十分推崇。沈氏痛感边疆领土主权遭受列强觊觎威胁,故十分注重探究边疆史地,以开发边地巩固国防。这种风气对陈寅恪很有影响,但国内学界的相关研究者,往往由于语言的障碍而不能很好地利用相关文献,西方学者的东方学研究正好可以在此方面弥补国内西北史地的不足。和伯希和结识,使得陈寅恪先生第一次有机会接触到以敦煌文献为主的各种新发现的材料,极大拓宽了研究视阈。伯希和利用广博语言知识处理新材料的治学路径,对陈先生不无影响:"伯先生之治中国学,有几点绝不与多数西洋之治中国学者相同:第一,伯先生之目录学知识真可惊人,旧的新的无所不知;第二,伯先生最敏于利用新见材料,如有此样材料,他绝不漠视;第三,他最能了解中国学人之成绩,而接受人,不若其他不少的西洋汉学家,每但以西洋的汉学为全个范域。"[3]陈寅恪先生精研佛学,可洞见其历史情怀的现实观照。任何历史在某种意义上讲都是当代史,任何关于

---

[1] 耿昇:《伯希和西域敦煌探险与法国的敦煌学研究》(代序),载伯希和著、耿昇译《伯希和敦煌石窟笔记》,甘肃人民出版社,2007年,第21页。

[2] 陈寅恪:《陈垣敦煌劫余录序》,载《陈寅恪史学论文选集》,上海古籍出版社,1992年,第503页。

[3] 傅斯年:《法国汉学家伯希和莅平》,《北平晨报》1933年1月15日。

历史的研究某种程度上都有着浓烈的现实关怀。陈寅恪在西南联大时,曾开设"佛经翻译"课程,他对勘汉、藏、梵原本、译本的异同,在佛教典籍和边疆史的研究上取得了举世瞩目的成就:"陈先生是目前中国唯一可以利用藏、蒙、满文原始文献去研究中国边疆史地的学者,他的成就,像《蒙古源流》等所展现出来的那样,是西方汉学家难以超越的。"①

从陈寅恪先生之于佛经文学研究相关学术脉络的考察,可见其治学思想与治学路径,乃重史料重考证重具体问题的研究,有一分材料说一分话,绝不为空疏之论。陈先生开设的"佛经翻译文学"课程,对于李嘉言先生的直接影响,就是李先生得以完成了论文《〈六祖坛经〉德异刊本之发现》并被刊于《清华学报》十卷二期(1935年4月)②。据李之禹先生记述:

> 1933—1934年,李嘉言在清华大学上四年级时选修陈寅恪先生"佛经翻译文学"课,完成《佛教与六朝文学》(刊于《行素》一卷4期、《〈六祖坛经〉德异刊本之发现》(《清华学报》十卷2期)。《六》文发表后深得陈寅恪先生称赞。《六》文收入台湾大乘文化出版社"禅学专集"之一》(1976年)。③

---

① 王川:《陈寅恪与藏学研究》,《西藏民族学院学报(哲学社会科学版)》2005年第1期。

② 释如禅编《六祖坛经研究》,中国大百科全书出版社,2003年。

③ 江灿腾:《李嘉言〈六祖坛经德异刊本之发现〉的写作与胡适》一文后所附李之禹注,载李之禹编《李嘉言纪念文集》,河南大学出版社,2015年,第365页。

此论文的发表深受陈寅恪先生的赞赏。李嘉言在清华大学读书、教学研究11年,发表文章36篇,仅有此文与《贾岛年谱》两篇(部)刊登在权威的《清华学报》上。从《六祖坛经研究》"目录"所收录论文看,李嘉言先生此篇论文学术水准之高不言而喻,黄心川在《六祖坛经研究》"序三"所言:"做学术研究很难,因为它需要运用多种知识,但是更难的是搜集和整理基本的资料,因为这是做研究的基础,只有过了这一关,才能厘清过去问题的历史发展线索,了解今人的一些研究成果与观点,然后在新的基础上进行更深入的研究。搜集资料有两种基本手段:一是寻找原始资料,这是第一手材料,是学术研究的基础;二是阅读研究者们所写的论文与专著,这是扩大视野,了解既有的研究成果和问题,也是奠基工作。此外,似乎没有更好的方法了。"① 黄先生之评,似乎道出了何以"此论文的发表深受陈寅恪先生的赞赏"之原因:陈先生就是搜集材料的高手,以广博的材料来得出观点,一切研究靠材料来说话。年轻的李嘉言在搜集材料上就能看出有股子坐冷板凳、耐得住寂寞清苦的专研求真精神,这才是陈先生极为看重的一种学术品格,也是李嘉言在清华期间广得名师如闻一多等赏识的根本原因。

李嘉言这种追真重据的治学精神是秉持终身的,在很多年后还被学生深情地回忆:

先生经常称道他的老师陈寅恪先生治学的谨严,要我

---

① 释如禅主编《六祖坛经研究》"序三",中国大百科全书出版社,2003年。

们有一分材料说一分话。在讲"辞赋研究"课程时,他除了介绍前人研究《楚辞》的成果以外,有时也讲自己的见解。如讲《九歌·云中君》的"龙驾兮帝服,聊翱游兮周章",说"帝"是"螭"的坏字,"服"读为《易·系辞下》"服牛乘马"之"服",作驾御讲。"龙驾""螭服",相对为文。《九歌·河伯》:"驾两龙兮骖螭。"《九章·涉江》:"驾青虬兮骖白螭。"可为旁证。在教课之暇,继续修改《贾岛年谱》。在贾岛的《长江集》中,有一首七绝《渡桑乾》:"客舍并州已十霜,归心日夜忆咸阳。无端更渡桑乾水,却望并州是故乡。"这首诗多数人认为是贾岛作的,但唐人令狐楚编选的《元和御览诗集》中却作刘皂。先生根据何焯、萧穆的意见,并作了补充,确定这首诗的作者是刘皂。①

李嘉言先生对于资料的熟悉程度十分惊人,这自然和先生素日做功密不可分。古典文学最重要的就是要广泛占有材料,材料多且能熟,这对教学科研尤为重要。以《楚辞》为例,一般都会认为难以记颂,而在学生的记忆里,李嘉言先生的课堂上:

> 《离骚》很长,但嘉言先生早烂熟于心。他讲《离骚》,是一面背诵一面给我们讲解的。说是背诵,其实是背而不诵,念而不吟。用现在的话说,就是不带情感、没有夸张语调的念。他把目光对准我们,沉稳、从容地"念"了开篇的

---

① 李鼎文:《李嘉言先生二三事》,载李之禹编《李嘉言纪念文集》,河南大学出版社,2015年,第191–192页。

四句:"帝高阳之苗裔兮,朕皇考曰伯庸。摄提贞于孟陬兮,唯庚寅吾以降。"然后便逐句疏通,释词解义。千百年来,对《离骚》注疏解析的作者如星、著作如云,其中影响较大、观点典型者,也多如古代圣贤。嘉言先生便将最具代表性的古今名家的见解给我们一一讲析。比如,先生讲"摄提贞于孟陬兮,唯庚寅吾以降"时,从字义到读音、从考据到疏解,引经据典,广征博撷各家之说,又深入浅出地逐字解析,通俗浅显地说明屈原出生在寅年、寅月、寅日,天赋纯美。诗虽然只有短短两句,但却涉及了历法、天文星象、音韵训诂等许多方面的知识。①

由此可以知道李嘉言先生何以能有"德异本"之学术预见,这当然是材料深厚广博并且烂熟于胸,即"万卷堆胸"的自然结果,"石蕴玉而山辉,水含珠而川媚",任何学术见解的提出,都应当是这样的过程。李嘉言先生《离骚》烂熟之例,是其长期孜孜不倦、坐冷板凳的硬功夫和苦功夫下所自然而然达到的境界,这样的精神对于学人是尤为重要的。即便在网络便利的当下,寻找原始材料依然是十分必要的,且网络并不能完全提供这方面的帮助,所以李嘉言先生搜集材料的硬功夫和耐得住寂寞的坚忍不拔精神对于今天的学子具有极其重要的借鉴意义。"德异本"论文,是李嘉言先生治学方法实践的结果和总结,先生对

---

① 祝仲铨:《李家缘》,载李之禹编《李嘉言纪念文集》,河南大学出版社,2015年,第183页。

此有非常明确的认识,李之禹对之有专门的文字:

> 1934年5月,毕业考试前……完成《〈六祖坛经〉德异刊本之发现》考证论文。这一情况,李嘉言在本年5月毕业考试期间曾去信给同乡好友、清华五年级地学系毕业、回开封一师任教的李殿桐……谈起研究《坛经》的情况。此时李殿桐正在开封青云街创办学术杂志《行素》,《行素》创刊号于1934年8月10日出版,李殿桐为主编,故将李嘉言此信加标题《治学方法的意见(北平通讯)》收入《行素》一卷一期。李嘉言在信中提到了自己的治学方法,并举《六祖坛经》研究以明之:"近来不止是同学,甚而是师长们都劝我著一部书,或是将已有的文章印成一册集子……王国维、陈寅恪诸大师,谁也不能说他没有学问,可是他们自己曾经出过书么?在清华我觉得惟有陈寅恪先生的治学精神最可师法。他在课堂上讲演就是教给我们做文章的方法,由小问题上着手,由细处着眼,那怕是古人一篇文章一首诗的题目,我们也得注意,这是我们初学的人最应当取法的。提起陈先生来,又想起我新近一件快乐的事,上半年我听陈先生讲禅宗文学,引起我对《六祖坛经》版本上的怀疑。后来我参考了《大正大藏》和丁福保的《〈坛经〉注》,居然使我得到了一个结论,这个结论就是德异刊本《坛经》的发现。但这还不算可乐,可乐的是最近借到胡适之先生一部宋本《坛经》。我细细地校阅一过,乃知我所谓德异刊本的《坛经》,其面目甚近于古本面目。胡先生这部《坛经》,是新在日本

发现的兴圣寺本,可以说除了敦煌本外,这就是世界第二古本。中国有此书的大概不多,胡先生的这部是铃木大拙送给他的。胡先生为此书专作了一篇文章,还没发表;我因为看到了这个古本,也将为我的文章生色不少。……①

陈先生做文章的方法是"由小问题上着手,由细处着眼",体现出鲜明的"史有诗心,诗有史笔"②治学特色。李嘉言深是陈师之法且亦以之为己治学之法,不务宏阔虚浮之论。我们从先生一系列论文就可看出这一点,如《〈六祖坛经〉德异刊本之发现》对与"机缘"的考证:

最后再谈谈一个附带的问题:由德异本"参请机缘"一章,以证宗宝所谓"增入弟子请益机缘"的话,这"机缘"一名词决非创自宗宝可知。《坛经》之分章,最早见的为兴圣寺本,然其中尚无"机缘"之名,那么这名词一定是起于宋的契嵩三卷本了。若说是起于德异,恐怕不可靠吧?因为德异即是根据契嵩的。况宗宝《跋》说:"续见三本不同……略者详之。"契嵩本未必不就是他所见三本之一,若然则其就原来"机缘"一章,复为增入,亦正合其"略者详之"之道。③

"机缘"一名词之相关文字,正可体现一代学人"大雅君子,

---

① 李之禹编《李嘉言纪念文集》,河南大学出版社,2015年,第375页。
② 蔡鸿生:《〈颂红妆〉颂》,载胡守为主编《〈柳如是别传〉与国学研究》,浙江人民出版社,1995年,第42页。
③ 李之禹编《李嘉言纪念文集》,河南大学出版社,2015年,第372页。

恶乎速成"的气度和风范。李先生始终如此专注于学问,一点一点解决具体问题,所谓"细大不涓,乃可成其大",对每一具体学术问题都绝非细点,而是关乎对经典的解读和传世意义的定位。

李先生学术态度严谨,研究领域侧重于考据与训诂,在研究方法上极重视史料的发掘与正确利用,这种研究思路显然与他对清代朴学传统的继承有很大关系,也为他今后更深层次地涉足中国古代文学研究奠定了坚实的基础。[①]

李先生就是以大雅君子的精神埋头学问的,这也可能是其在"词"的起源问题上与陈先生论元白诗时观点一致的根本:"新兴进士阶层"的文采浮华,是乱世、衰世的产物(参见下文详细说明)。先生选修陈寅恪先生课程,精心撰写了课程相关论文《〈六祖坛经〉德异刊本之发现》。"德异本"的提出,其学术价值学术界早有公论,而当时的李先生,仅仅是一位在读的大学本科生,此事被佛经研究家誉为"禅学研究的一段佳话"。为更清晰展现先生学术成就,兹就该论文稍作展开以明之。

《坛经》是《南宗顿教最上大乘摩诃般若波罗蜜经六祖惠能大师于韶州大梵寺施法坛经》的简称,是佛教著作中唯一一部被公开称为"经"的中国僧人撰述的经典,是六祖惠能所说,其弟子法海整理而成的禅宗"宗经"。惠能在唐时极有影响力,武后、中宗对其甚推崇,均曾召其入京而被其婉拒;王维、刘禹锡、

---

① 吴河清、白金:《一生求索的谦谦学者——李嘉言与中国古代文学研究》,载李之禹编《李嘉言纪念文集》,河南大学出版社,2015年,第377页。

柳宗元都曾为其撰写碑铭;宪宗追谥其为"大鉴禅师";其弟子四十余人,著名者有神会、怀让、行思等。①《坛经》"是禅宗经典著作,是禅宗思想形成的标志,它影响了唐代以后整个中国佛教的理论走向,对整个禅宗史、佛教史,乃至中国思想史都有重要影响"②。自唐至今,《坛经》版本多达二十余种,李嘉言先生在此论文中说:

> 关于《六祖坛经》之许多版本,除现行本主要根据明藏本外,还有所谓宗宝本、契嵩本、兴圣寺本与敦煌本等。宗宝本与明藏本无大差别,契嵩三卷今已失传,至于兴圣寺本则是最近在日本发现的较敦煌本稍晚的第二古本。此本在日本昭和八年安宅弥吉影印之,有铃木大拙先生《解说》,共印二百五十部。铃木先生曾赠送胡适之先生一部,中国有此本的大概不多。胡先生为此本专有考证,详细可以不必多说。惟德异本还没人说过,这是我自己杜撰的名词。我之所以提出这个名词,是由日本宫内省图书寮藏写本,与明丁福保藏明正统四年刻本,互相参校考证出来的。现行本《坛经》前面有德异的《序》,后面有宗宝的《跋》,德异与宗宝本同时人,这样一来,好像是他二人同编,实则各有各的刊本。德异本远非现行本面目。今承胡适之先生慨然以他所藏兴圣寺本,铃木先生《解说》以及他自己的考证

---

① 邓文宽校注《敦煌坛经读本》"惠能小传",民主与建设出版社有限责任公司,2019年。
② 慧能:《坛经》,李明注译,岳麓书社,2016年,第1页。

文赐借,我细校一过,不特可证我的立说不误,且知德异本甚近于兴圣寺本。以下就来分段加以说明。①

这段文字至少表明李嘉言先生以下五点特质。

一是专业的敏感与锐觉。大胆"立说"、细心求证,足证李先生学术潜质绝非一般。

二是文献版本、校刊功力甚深。先生对《坛经》版本源流如数家珍,且对各版本之间关系源流亦有明鉴,在敏锐发现传世版本中可能潜藏着不为人知的新版本后,能通过"细校"以证己见,可见先生文献功底之深厚与治学之严谨。

三是有敢于提出新说的学术勇气。"惟德异本还没人说过,这是我自己杜撰的名词",而"新名词"的提出,是在广泛占有文献资料的基础上,"我之所以提出这个名词,是由日本宫内省图书寮藏写本与明丁福保藏明正统四年刻本互相参校考证出来的"。"德异本"的提出,对于与禅宗相关的学术研究毫无疑问意义非同一般,得到学界的广泛认可,如中国社会科学院荣誉学部委员杨曾文在《关于元代宗宝是光孝寺主持的考察》一文中说:"记载六祖慧能生平与语录的《六祖坛经》在传承和流传过程中形成很多不同的抄本或版本。如果用现在通用的名称来说,先后有敦煌藏本、宋代的惠昕改编本、元代德异本和宗宝本。敦煌本《坛经》中,有旧敦煌本、敦煌新本(敦博本)、北京本(北

---

① 李嘉言:《〈六祖坛经〉德异刊本之发现》,载《李嘉言纪念文集》,河南大学出版社,2015年,第365页。

京残本),还有新近发现全本并整理出的旅顺博物馆本(旅博本);宋惠昕本中有日本真福寺藏本、大乘寺藏本和金山天宁寺藏本、兴福寺藏本等。根据近年的研究成果,元代德异本、宗宝本以及所谓'曹溪原本'皆源自宋代云门宗学僧契嵩改编的《坛经》。"①对《六祖坛经》相关研究史进行爬梳时,"德异本"是必须被提到的,如论及现存19种六祖传记的考述:《六祖大师缘起外纪》一文卷末附"坠腰石"的考证文字,"内容与德异本《略序》相同";《略序》,"署名法海集,载于德异本卷首"。②"自契嵩本刊行后,至元世祖(忽必烈)至元二十七年、二十八年(1290、1291),先后出现了《坛经》版本系统中影响最大的两个版本——德异本和宗宝本。"③"慧能的《坛经》,除了敦煌本之外,还有'惠昕本'(公元987年刊)、'契嵩本'(公元1056年刊)、'德异本'(公元1290年刊)和'宗宝本'(公元1291年刊)等。"④

四是广博的学术积淀。这在先生对于《六祖坛经》相关文献的叙述文字中是显而易见的。因为深厚的文献积淀,先生才会在细校各种版本后斩截地做出判断,"宗宝本在德异本之

---

① 明生主编《禅和之声:2011-2012广东禅宗六祖文化节学术研讨会论文集》下册《广东佛教历史》,羊城晚报出版社,2013年,第2页。
② 哈磊、丁小平:《大陆地区惠能及〈六祖坛经〉研究综述》,载明生主编《〈六祖坛经〉研究集成》,金城出版社,2012年,第2页。
③ 哈磊、丁小平:《大陆地区惠能及〈六祖坛经〉研究综述》,载明生主编《〈六祖坛经〉研究集成》,金城出版社,2012年,第2页。
④ 净慧:《关于慧能得法偈初探——兼论〈坛经〉的版本问题》,载如禅编《〈六祖坛经〉研究(三)》,中国大百科全书出版社,2003年,第2页。

后","正统本即德异本","德异本甚近于兴圣寺本","契嵩本虽已失传而由德异本亦可窥其一斑了"①,先生对"德异本"的考证,对于相关学术研究的意义不言而喻。

五是注重学术交流,先生之所以能够证成自己关于"德异本"存在的观点,最主要的是"胡适之先生慨然以他所藏兴圣寺本,铃木先生《解说》以及他自己的考证文赐借,我细校一过,不特可证我的立说不误,且知德异本甚近于兴圣寺本"。②

读书做学问固然需要"雨打梨花深闭门""两耳不闻窗外事",但也需要广泛的交游与交流。如此不惟可获良师益友之助益,即所谓"三人行,必有我师焉";亦可在学术观点、学界资讯、文献资料等方面获得一定程度的交流。李先生与胡适先生之交游例,足证学人交游学术交流之重要,这一点江灿腾在《李嘉言〈六祖坛经德异刊本之发现〉的写作与胡适》一文如此记述:

> 和岭南学者几乎同样,在1935年4月,北方的《清华学报》卷10期2,有李嘉言的论文《〈六祖坛经〉德异刊本之发现》。此文是由日本宫内省图书寮藏写本,与丁福保藏明正统四年(1439)刻本,互相参校考证,而证实在通行的《宗宝本》之外,有《德异本》的存在。这是《坛经》版本的又一新发现。但李嘉言本人坦承在资料上曾受到胡适的协助……

---

① 李嘉言:《〈六祖坛经〉德异刊本之发现》,载《李嘉言纪念文集》,河南大学出版社,2015年,第365-372页。
② 李嘉言:《〈六祖坛经〉德异刊本之发现》,载《李嘉言纪念文集》,河南大学出版社,2015年,第365-372页。

……………

按此《兴圣寺本》是日本在当时发现较《敦煌本》稍晚的第二古本,在昭和八年(1933)由安宅弥吉影印二百五十部……铃木并将此影本致赠给胡适一本。胡适亦撰写了《坛经考之二——记北宋本的六祖坛经》一文,时间在1934年4月,后收在《胡适文存》集4卷2。此资料当时国内拥有者甚少,而胡适慨然相借,促成李嘉言的考证得以顺利进行。①

大四选修陈寅恪先生的这门课,对于李嘉言先生学术生命的意义是不言而喻的,而对于相关学术研究的意义更是不言而喻的。另外,李嘉言先生还有一篇论及佛教与文学的文章《佛教对于六朝文学的影响》,论文第(一)部分的标题即"佛经翻译文学",后又在第(四)部分论及"佛教很重视声韵"时专门征引陈寅恪先生的文章:

自东汉印度声韵学随着佛教传入中国后,遂影响、推动我国反切、四声的发展。陈寅恪先生《四声三问》云:

据天竺围陀之声明论,其所谓声 svara 者,与中国四声之所谓声者相符合,即指声之高低言……围陀声明论依其声之高低分别为三……佛教输入中国,其教徒转读经典时,此三声之分别,当亦随之输入……故中国文士依据及摩拟

---

① 江灿腾:《关于中国唐代禅宗史研究近七十年来的争辩与发展》,载李之禹编《李嘉言纪念文集》,河南大学出版社,2015年,第364页。

当日转读佛经之声,分别定为平上去三声,合入声共计之,适成四声。于是创为四声之说,并撰作声谱,借转读佛经之声调,应用于中国之美化文。①

李嘉言先生之于陈寅恪先生,充分彰显了"我爱我师,所以我更爱真理"的治学精神,他在这篇文章中论及佛经翻译对《洛阳伽蓝记》影响的问题时,对于陈先生的观点取舍是审慎的:

> 佛经翻译还影响到北魏杨炫之《洛阳伽蓝记》的文体,《洛阳伽蓝记》常有描写重复之处,后人以为是正文与子注混淆的结果。陈寅恪先生说:"其书制裁乃摩拟魏晋南北朝僧徒合本子注之体。"(前中央研究院历史语言研究所集刊第八本第二分册《读洛阳伽蓝记书后》)而当时郦道元注《水经》以及裴松之注《三国志》,刘孝标注《世说新语》,同称渊博,《洛阳伽蓝记》与之相仿佛,则此种体例究竟是否受有僧徒合本子注体裁的影响,虽不敢轻易断定,而《洛阳伽蓝记》雅俗混杂的四言句式有似佛经翻译文体,则不难于比较中见之。至少它采有佛经翻译文献,总是可信的。②

李嘉言先生对于学术之严谨态度,正与乃师陈寅恪先生一路:充分利用可见文献,通过文献的比对,让观点自然而然浮现出来,绝不可观点先行。陈寅恪先生对李嘉言先生学术影响之

---

① 李嘉言:《李嘉言古典文学论文集》,上海古籍出版社,1987年,第545页。

② 李嘉言:《李嘉言古典文学论文集》,上海古籍出版社,1987年,第545页。

深是在李先生学术中自然体现出来的，或是思想观点的影响，或是研究方法的影响，或是对于文献例证的征引等。

如《词的起源与唐代政治》一文①，李先生开篇点明观点，认为"词起源于南朝"而"成于中晚唐"，其中举到了李贺的例子，"词既起源于齐梁，而李贺诗又明白地出于齐梁，于是李贺诗体与词便发生了秘密的关系"。发生的"秘密的关系"便是"情"，李贺《金铜仙人辞汉歌》有名句曰"衰兰送客咸阳道，天若有情天亦老"。而"词以言情为主"，又联系到了晚唐的温庭筠、五代的李煜，因为温庭筠有"自古多情损少年"，李后主有"偶缘犹未忘多情"。

李先生认为："诗言志"，"言情"便不能不另找出路，"词就是被它新发现的一条光明大道"，从此诗词"在职责上便分了家"。从唐代诸多文献所示之"志"来综合考察，李先生的学术眼光极为敏锐："志"与"情"，既有相通的成分，亦有着明显的区别。

唐人的理解上，"志"乃"事"，即生平最切紧之事或一生所为之事；"情"自然会因"事"而生，然并非所有的"事"都可生"情"——"情"更偏重于"感"的成分，如白居易之《感情》、元稹《莺莺传》之"达士略情"、陈鸿《长恨歌传》之"乐天深于诗，多于情者也"②之"情"。

---

① 李嘉言：《李嘉言古典文学论文集》，上海古籍出版社，1987年，第431—436页。
② 汪辟疆校录：《唐人小说》，上海古籍出版社，1978年，第141页。

"志"之"事",是庄重生命历程中或惨烈、或凝重、或悲怆的"经历"和"场景",是"惆怅事",自不可以"词"之轻承载如斯厚重之内容。《周秦行纪》中"余"遭际汉文帝母薄太后庙中事,薄太后谓其时同在庙中之戚夫人、昭君、杨妃、潘玉儿、绿珠等人说:"牛秀才邂逅逆旅到此,诸娘子又偶相访,今无以尽平生欢。牛秀才固才士。盍各赋诗言志,不亦善乎?"①诸人所赋之"诗",均切己之心结:薄太后诗之"至今犹愧管夫人",昭君诗之"如今最恨毛延寿",戚夫人诗之"自别汉宫休楚舞,不能妆粉恨君王",杨妃诗之"云雨马嵬分散后,骊宫不复舞霓裳",潘妃诗之"东昏旧作莲花地,空想曾披金缕衣",绿珠诗之"红残翠碎花楼下,金谷千年更不春"。诸人之作,皆乃咏生命历程切紧之事,故"余"总结诗有"共道人间惆怅事",即以"惆怅事"对应薄太后之"赋诗言志"之"志",均属生命难以承受之"重"。而"词"所宜者,乃生命难以承受之"轻"而已。

再则,"志"乃生平事业之"事",如《元无有》中,"故杵""灯台""水桶""破铛""四人",在一"仲春末"风雨后"斜月方出"时,聚谈吟咏,且云:"今夕如秋,风月若此,吾辈岂不为一言以展平生之事也?"②"平生之事"即"赋诗言志"之"志",故"故杵"诗曰:"齐纨鲁缟如霜雪,寥亮高声予所发。""灯台"诗曰:"嘉宾良

---

① 此篇小说托名牛僧孺作,实际作者乃韦瓘,载汪辟疆校录《唐人小说》,上海古籍出版社,1978年,第184页。
② 牛僧孺:《玄怪录·元无有》,载汪辟疆校录《唐人小说》,上海古籍出版社,1978年,第336页。

会清夜时,煌煌灯烛我能持。""水桶"诗曰:"清冷之泉候朝汲,桑绠相牵常出入。""破铛"诗曰:"爨薪贮泉相煎熬,充他口腹我为劳。"①"平生之事"是士人一生的事业,故属"志",自当庄言之以"诗"。

再次,诗所赋之"志",亦可为人生至重大事件,如《杨恭政》讲五位凡间女子得道成仙后"相庆":"同生浊界,并是凡身,一旦翛然,遂与尘隔。今夕何夕,欢会于斯,宜各赋诗,以道其意。"五人遂即各赋诗以道其事,分别为:"几劫澄烦思,今身仅小成。誓将云外隐,不向世间行。""绰约离尘界,从容上太清。云衣无绽日,鹤驾没遥程。""华岳无三尺,东瀛仅一杯。入云骑彩凤,歌舞上蓬莱。""共作云山侣,俱辞世界尘。静思前日事,抛却几年身。""人世徒纷扰,其生似蕣华。谁言今夕里,俯首视云霞。"②得道成仙,正是人生命历程之重大庄严之事,五女赋诗道之,宜其宜也。

从以上三例赋诗言"志"察之,"志"皆生命之重、大、庄者,自适合以诗为载体而言之,即"诗"宜言生命难以承受之"重"者。相较而言,"词"则宜言生命之"轻"者,如风光旖旎之情丝、愁绪、怨思等,此等皆属人心灵、精神、情绪等内在范畴,泛而言之,属于衣食住行等生存条件皆备甚或优渥下的精神层面的精

---

① 牛僧孺:《玄怪录·元无有》,载汪辟疆校录《唐人小说》,上海古籍出版社,1978年,第336页。
② 李复言:《续玄怪录》,载汪辟疆校录《唐人小说》,上海古籍出版社,1978年,第260页。

致细微活动。故无论写作者还是"词"中之抒情者,往往颇类贾雨村所评之"大仁大恶"两种人之外的第三种人,即"上不能成仁人君子,下亦不能为大凶大恶"者:

> 置之于万万人之中,其聪俊灵秀之气则在万万人之上;其乖僻邪谬不近人情之态,又在万万人之下。若生于富贵公侯之家,则为情痴情种;若生于诗书清贫之族,则为逸士高人;纵然偶生于薄祚寒门,断不能为走卒健仆,甘遭庸人驱制驾驭,必为奇优名倡。如前代之许由、陶潜、阮籍、嵇康、刘伶、王谢二族、顾虎头、陈后主、唐明皇、宋徽宗、刘庭芝、温飞卿、米南宫、石曼卿、柳耆卿、秦少游,近日之倪云林、唐伯虎、祝枝山,再如李龟年、黄幡绰、敬新磨、卓文君、红拂、薛涛、崔莺、朝云之流:此皆易地则同之人也。①

贾雨村口中的"大仁大恶"之人之事,自宜以"诗"言之;而"大仁大恶"外之"情痴情种""逸士高人""奇优名倡"之人与事,自宜以"词"言之。故"词"乃"诗之余",即对于"诗"书写或抒写不能到、不宜到领域的补充,如不能到、不宜到而到者,遂产生"诗"有"词化"倾向,如李贺、李商隐和温庭筠等之诗,李嘉言先生有专文论之,如《李贺与晚唐》等文。诚如李嘉言先生《〈贾岛年谱〉自序》所断言:"盖唐诗为吾国诗学变迁之枢纽,上自《三百篇》《楚辞》、汉魏古诗与辞赋,以迄乎唐诗为极盛;下则词

---

① 曹雪芹、高鹗:《红楼梦》,俞平伯校,启功注,人民文学出版社,2000年,第20页。

为诗余,曲为词余,又皆唐诗盛极而变者也。"① "词为诗余"之词人,一般皆备以下三个条件:多才、多情、多变。才情自易于理解,"多变"则指经历过变故,诸如情爱之变、或家道之变、或身世之变、或世事之变等,因"变"而体验到世态人情冷暖厚薄等由"变"所产生的诸多痛苦,此痛苦又不能明言、庄言、直言、显言、实言之,故多借香草美人、风花雪月、爱恨离愁等曲传,隐言、戏语、虚话、寓言之,如李煜、欧阳修、苏轼、晏几道、秦观、李清照等皆是。除此等词之名家外,更多者乃如晚唐之花间,皆多言情变者。当然,"情变"之"情",实与夫妇人伦之情无多少关涉,而多狭邪之情如《游仙窟》、外妇之情如《柳氏传》、代言之情如温庭筠《菩萨蛮》"小山重叠金明灭"之流,故谓之"诗余"。为证"诗余"与"诗"之别,以下皆明例示意,如《游仙窟》中"下官"与崔十娘、王五嫂二女游园时,三人调情之作,亦就眼前"事"而赋之:

> 当时,树上忽有一李子落下官怀中。下官咏曰:"问李树:如何意不同?应来主手里,翻入客怀中?"五嫂即报诗曰:"李树子,元来不是偏。巧知娘子意,掷果到渠边。"于时,忽有一蜂子飞上十娘面上。十娘咏曰:"问蜂子:蜂子太无情,飞来蹈人面,欲似意相轻?"下官代蜂子答曰:"触处寻芳树,都卢少物华。试从香处觅,正值可怜花。"众人皆拊

---

① 李之禹编《李嘉言纪念文集》,河南大学出版社,2015年,第6页。

掌而笑。①

再如《柳氏传》记韩翊与柳氏情事：安史之乱二人隔绝，生死不明。平定后韩寻访柳，"以练囊盛麸金"而题之曰："章台柳，章台柳！昔日青青今在否？纵使长条似旧垂，亦应攀折他人手。"柳氏悲而答之曰："杨柳枝，芳菲节，所恨年年赠离别。一叶随风忽报秋，纵使君来岂堪折？"②柳之于韩，毫无疑问乃一外妇耳，故二人情事，自与礼无涉，属艳事而已。观二人往还之辞与事，"皆不入于正"③，故以"词"达意。

又据《丽情集》本《长恨歌传》结尾云："噫！女德无极者也。死生大别者也。故圣人节其欲，削其情，防人之乱者也。生惑其志，死溺其情，又如之何？"④

以上诸例可以见出，"词"所关涉者，乃"志"外"艳"事，词所涉及抒情对象多"外妇""仙"之类，乃彼时士人声色娱乐之内容，故可足证李嘉言先生关于词起源论断之确凿，即词之始乃"真正倡妓文学"。

李嘉言先生为证明词之始乃"真正倡妓文学"等观点，在研究方法上用了陈寅恪先生惯用的文史互证法，即对中唐政治背

---

① 张鷟：《游仙窟》，载汪辟疆校录《唐人小说》，上海古籍出版社，1978年，第36页。
② 许尧佐：《柳氏传》，载汪辟疆校录《唐人小说》，上海古籍出版社，1978年，第62页。
③ 许尧佐：《柳氏传》，载汪辟疆校录《唐人小说》，上海古籍出版社，1978年，第64页。
④ 陈寅恪：《元白诗笺证稿》，上海古籍出版社，1978年，第44页。

景进行考察。而在对政治背景进行考察时,李先生非常自然明确地征引陈寅恪先生观点:

  所谓政治之背景,见于陈寅恪先生《唐代政治史述论稿》中篇云:

  唐代外延士大夫之牛李党争即起源于宪宗元和之世。

  唐代士大夫中其主张经学为正宗,薄进士为浮冶者,大抵出于北朝以来山东世族之旧家也。其由进士出身,而以浮华放浪著称者,多为高宗武后以来君主所提拔之新兴统治阶层也。

  唐代新兴之进士科出身之新兴阶级异于山东之礼法旧门者,尤在其放浪不羁之风习,故唐之进士一科与倡妓文学有密切的关系,孙棨《北里志》所载即是一证。①

对于陈先生的观点,李先生明确表示:"此知唐代由进士科出身之新兴阶层,既盛于宪宗之世,又与倡妓文学有密切关系,则起源于宪宗之世(即中唐)的真正倡妓文学'词',其作者必多为新兴之进士阶层,可推想而知了。陈先生书中虽未明白提及进士阶级与词的关系,而其所举之进士阶级的诗人中,今知甚多皆兼为词人。"用陈先生观点以明确自己的关于词"起源于宪宗之世(即中唐)的真正倡妓文学'词'"的学术观点,就是用了文史互证研究方法。此篇论文,征引陈先生观点极多,为证明李嘉

---

① 李嘉言:《李嘉言古典文学论文集》,上海古籍出版社,1987年,第433页。

言先生学术上受陈寅恪先生影响之深,兹俱摘引以明之。

在论证李贺与进士科即词的关系时,李先生征引了康骈《剧谈录》中关于李贺为避讳不得应进士举事。对于此条史料的真伪判断与学术价值,李先生谓:

> 陈先生曰:"《剧谈录》所记多所疏误,自不待论。但据此故事之造成,可推见当时社会重进士轻明经之情状。故以通性之真实言之,仍不失为珍贵之社会史料也。"案此故事亦暗示牛李党争之不能相容,元稹即属李党,李贺虽未中进士,实应属于牛党。应属李党之李贺虽未留词篇,其诗则近乎词……①

论及杜牧、韩偓、李商隐时,李先生则全部征引了陈先生的观点:

> 杜牧,陈先生曰:"牛党之才人杜牧,实以放浪著称。《唐语林》七《补遗》所载'杜牧少登第恃才喜酒色'条,'杜舍人牧恃才名颇纵酒色'条,及其《樊川集》中《遣怀七绝》'十年一觉扬州梦,赢得青楼薄幸名'之句等,皆是其证例。"

> 韩偓,陈先生曰:"韩偓以忠节著闻,其平生著述中《香奁》一集,淫艳之词,亦大抵应进士举时所作。"

> 李商隐,陈先生曰:"李商隐之出自新兴阶级,本应始终属于牛党,方合当时社会阶级之道德,乃忽结婚李党之王

---

① 李嘉言:《古诗初探》,上海古典文学出版社,1957年,第150页。

氏,以图仕进,不仅牛党目以放利背恩,恐李党亦鄙其轻薄无操。"①

李先生是陈先生之观点,认为进士多出自新兴进士阶层,而与词的起源关系密切。这一观点极具学术眼光,因为从"词"这一文学体式的根源上进行把脉,具体观照"词"产生之时代,"词"的关键要素"情"和"新"又对应了彼时社会"倡妓"与"进士"两阶层,此两种社会角色的互动是唐代文学体式和题材丰富繁盛的社会土壤,形成了"红粉娇娃"与"士林华选"的基本文学人物书写类型。陈寅恪先生关于《莺莺传》之"莺莺""真"即"仙"社会身份的观点:"乐天此诗(《琵琶行》)者有二事可以注意:一即此茶商之娶此长安故倡,特不过一寻常之外妇。其关系本在可离可合之间,以今日通行语言之,直'同居'而已。元微之于《莺莺传》极夸其自身始乱终弃之事,而不以为惭疚。其友朋亦视其为当然,而不非议。此即唐代当时士大夫风习,极轻贱社会阶级低下之女子。视其去留离合,所关至小之证。是知乐天之于此故倡,茶商之于此外妇,皆当日社会舆论所视为无足重轻,不必顾忌者也。……二即唐代自高宗武则天以后,由文词科举进身之新兴阶级,大抵放荡而不拘守礼法,与山东旧日士族甚异。……乐天亦此新兴阶级之一人,其所为如此,固不足怪

---

① 李嘉言:《李嘉言古典文学论文集》,上海古籍出版社,1987年,第434页。

也。"①正与此同。由之而深层揭示唐代社会、唐代文学、唐代日常生活中的一种现象——"仙妓合流"。《霍小玉传》之小玉与李益、《李娃传》之李娃与郑生、《李章武传》之李章武与王氏妇等,皆此类。在"仙妓合流"这一"新"的文学书写中,"旧"一直是如影随形的,山东士族之崔李卢郑王一直是与"新兴进士阶层"同在的。"旧"的社会价值判断依然是"新兴进士阶层"的心理渴望与现实诉求,而"倡妓文学"只不过是其"多情"的旁逸斜出而已,最多不过是"风流才子多春思"(杨巨源《崔娘诗》)。"多春思"不能在庄重典雅的诗歌、古文等中充分被书写,溢而为"小词",某种意义上可以说这是社会俗艳生活现象的一种雅致化,也可以说是"新兴进士阶层"自我心理的一种理疗方式或者精神减压。

无论如何,"词"的产生问题的研讨,绝对是极有学术价值的,它关乎着对其产生时代及其时代精神与心理等问题的深层研判,它关系着"心灵史""社会生活史""文学史""小说史""词史""诗史""科举史""审美史"等一系列相关课题的深层系统研究。就此而言,李先生的学术眼光与学术敏感足启学林而泽被后世。而此学术高度与学术胸襟,无疑受陈寅恪先生教益极深,所以,在论及词的起源这篇文章的结尾,李嘉言先生再征引乃师观点:

---

① 陈寅恪:《元白诗笺证稿·琵琶引》,上海古籍出版社,1978年,第52页。

> 宪宗以后之唐代词人几乎都在这里了,而他们都出自新兴的进士阶层,不仅陈先生所说"唐之进士一科与倡妓文学有密切关系"一语因此而愈明,对于鄙说李贺诗体与词之关系,亦增一有力新证。今既知倡妓文学之词与李贺诗派有此社会政治之背景,则对于素以无行著称的温庭筠,其所以能为词宗且学李贺为诗,当可洞悉其底蕴了。《唐语林》卷四《企羡类》曰:"宣宗尚文学,尤重科名,大中十年郑颢知举,宣宗索登科记,敕翰林今后放榜,仰写及第人姓名及所赋诗赋题目,仰所司逐年编次。"陈先生曰:"大中一朝为纯粹牛党当政李党在野之时期,宣宗之爱羡进士科至于此极,必非偶然也。"今案温庭筠生当宣宗之世,其著名之《菩萨蛮》词调即发生于此时,宣宗甚爱此调,词之大成于宣宗庭筠之时,亦绝非偶然了。①

该文原刊于1948年9月的《文艺复兴》第六期。37岁的李嘉言先生彼时眼光之深邃、学术之稳健、见解之鲜明,从此一大段征引便可一眼看出。唐宣宗之爱羡进士科,非为爱进士,乃为恶李党耳!宣宗对李党领袖李德裕之态度斑斑在史,恶李爱牛,尤其贬死李德裕对于宣宗一朝政治之影响,对于李唐一朝之影响,史学家早有公论。在此大的时代背景中,"词"开始走向繁荣——这某种意义上在暗示"词"乃衰世之宠儿,言"情"而得大

---

① 李嘉言:《李嘉言古典文学论文集》,上海古籍出版社,1987年,第435页。

行其道,修齐治平、家国天下的礼乐典重让位于"艳"的放荡与低俗,担当情怀为追求一时感官娱乐所取代,这是宣宗恶李喜牛即喜欢新兴进士阶层的结果——《东城老父传》贾昌之言亦可为之佐证:"开元取士,孝弟理人而已。不闻进士宏词拔萃之为得其人也。"①所以,唐代文学与唐代政治密不可分,这也是陈寅恪先生精研唐文学之大观点,其论及文学与政治之密切者如"唐代科举士子风习"与《长恨歌》关系时曰:

> 盖唐代科举之盛,肇于高宗之时,成于玄宗之代,而极于德宗之世。德宗本为崇奖文词之君主,自贞元以后,尤欲以文治粉饰苟安之政局。就政治言,当时藩镇跋扈,武夫横恣,固为纷乱之状态。然就文章言,则其盛况殆不止追及,且可超越贞观开元之时代。此时之健者有韩柳元白,所谓"文起八代之衰"之古文运动,即发生于此时,殊非偶然也。又中国文学史中别有一可注意之点焉,即今日所谓唐代小说者……是故唐代贞元元和间之小说,乃一种新文体,不独流行当时,复更辗转为后来所则效,本与唐代古文同一原起及体制也。②

陈先生此论首先点出"纷乱"之政局中,文可"粉饰苟安之政局";其次点出此种政局中会产生"新文体";第三点出"唐人小说"之产生与德宗"以文治粉饰苟安之政局"相关。此观点与

---

① 汪辟疆校录:《唐人小说》,上海古籍出版社,1978年,第137页。
② 陈寅恪:《元白诗笺证稿》,上海古籍出版社,第2-4页。

李嘉言先生研究"词"这种"新文体"的起源,思想路径之关联,何其相似乃尔!

综而论之,陈寅恪先生对李嘉言的学术影响极大,研究方法上《〈六祖坛经〉德异刊本之发现》足以证明,学术观点上除了以上所涉及者,陈寅恪先生《元白诗笺证稿》第三章《连昌宫词》的相关观点也对李先生影响很深:

> 元微之连昌宫词实深受白乐天陈鸿长恨歌及传之影响,合并融化唐代小说之史才诗笔议论为一体而成。其篇首一句及篇末结语二句,乃是开宗明义及综括全诗之议论。又与白香山新乐府序所谓"首句标其目,卒章显其志"者,有密切关系。①

陈寅恪先生对元白的研究,对李嘉言先生产生了直接的影响,李嘉言在1951年10月撰写《关于白居易诗盛传当时的一些问题》一文后,专门以"附记"声明:"本文受陈寅恪师说启发甚多,特为声明。"②所谓"启发",从文章中不难看出受陈寅恪先生的《元白诗笺证稿》影响之大。

> 白居易《新乐府》的表现方法,主要一点就是其《自序》中所说"首句标其目,卒章显其志,《诗三百》之义也"。有人说他"直说""对照""隐喻"等三种表现方法,归结起来,

---

① 陈寅恪:《元白诗笺证稿》,上海古籍出版社,第2-4页。
② 李嘉言:《李嘉言古典文学论文集》,上海古籍出版社,1987年,第326页。

都是从"卒章显其志"这个总方法出发的。①

李嘉言先生在论及《诗经》的现实主义手法的"卒章显志"时说:

> 白居易《新乐府序》说:"首句标其目,卒章显其志,《诗》三百之义也。"《诗经》的卒章显志,是白居易关于《诗经》表现手法的一大重大的发现。……由于白居易这一发现,我们不仅晓得《诗经》有这一表现手法,而且发现这一手法自《诗经》至白居易中间从未断绝。……由此可知这一手法已经形成了一个传统,而且多表现在民歌及民歌化的乐府诗里……从白居易发现并继承了《诗经》的这个手法看来,还不难理解这个手法是最宜于暴露、讽刺和反抗等简单明了的主题内容的。白居易"新乐府"以暴露、讽喻为目的……的简单明了的主题内容,决定了其"卒章显志"的手法……②

李嘉言先生在《篇终接混茫》一文中说:"白居易曾经指出'卒章显其志'起源于《诗经》,《诗经》中确有不少这样的手法。"③概而言之,陈寅恪先生《琵琶引》曰:"寅恪于论长恨歌篇时,曾标举文人之关系一目。其大旨以为乐天当日之文雄诗杰,

---

① 李嘉言:《李嘉言古典文学论文集》,上海古籍出版社,1987年,第325页。
② 李嘉言:《李嘉言古典文学论文集》,上海古籍出版社,1987年,第6页。
③ 李嘉言:《李嘉言古典文学论文集》,上海古籍出版社,1987年,第128页。

各出其作品互事观摩,各竭其才智竞求超胜。故今世之治文学史者,必就同一性质题目之作品,考定其作成之年代,于同中求异,异中见同,为一比较分析之研究,而后文学演化之迹象,与夫文人才学之高下,始得明了。否则模糊影响,任意批评,恐终不能有真知灼见也。"①重史料重文献,正是为避免"任意批评"之弊。此远见卓识,切中治文学及文学史者之通病,不重史料与文献的爬梳,甚至于作品读之不全不精,而进入所谓理论研究层面者,美其名曰宏观研究或打通古今中外、学术视野宏阔、学术思路系统等,以陈先生之治学提倡视之,真乃"饰小说以干县令,其于大达亦远矣"。

通观李嘉言先生的古典文学研究,是绝无此通病流习的。不唯师陈先生如此,师闻一多先生依然如此。

第二节 李嘉言与闻一多先生

如果说,陈寅恪先生在治学方法上深刻影响了李嘉言先生,那么闻一多先生的影响则最明显体现在治学方向上,即以"唐诗整理与研究"为主要研究方向上,这一点无论是对于唐诗学界还是对于河南大学古典文学的研究所产生的学术影响都是历久而弥新的,是至今仍在学界有着抹不去的那一笔浓墨重彩的。无论在岁月的流逝中人事发生了怎样的变迁,无论在人事的变迁中世事发生了怎样的渐变,无论世事的渐变中几多去留有痕

---

① 陈寅恪:《元白诗笺证稿》,上海古籍出版社,1978年,第45页。

抑或无迹——河南大学"唐诗研究室"依然是留在学界无法被抹去亦不能被尘封的一缕亮彩。它不仅仅是当下的河南大学古典文学研究的一个方向,更是无时无刻不在昭示与提醒着我们后来者应当承担起的学术责任和学术担当!这块浸透历史风烟的"唐诗研究室"的牌子,是李嘉言先生学术生命永恒的标志,是李嘉言先生为河南大学在学术界争得一席之地心血的凝结,是李嘉言先生"慧海渡人,潜心后心"的精神传承。沿着李先生的足迹,河南大学唐诗学人精研苦修,在唐诗整理与研究上取得了一系列不俗成就:万曼先生著述《唐诗叙录》,佟培基教授著述《全唐诗重出误收考》《孟浩然诗集笺注》外,主编《全唐五代诗》《全唐诗精华》,齐文榜教授著述《贾岛集校注》《贾岛研究》,吴河清教授著述《姚合诗集校注》,郑慧霞博士著述《卢仝综论》,焦体检博士著述《张籍研究》等。从这一系列不绝如缕的唐诗整理与研究所取得的成果上看,厚重的学术积淀是取得这些成就最根本的原因,而李嘉言先生所做的相关研究就是这块唐诗研究与整理根据地最厚重的那一部分。

说起李嘉言先生的唐诗研究,就必须要谈到他和闻一多先生的学术师承关系。

李嘉言在其发表的《闻一多先生及其散文》(载1946年11月13日兰州《和平日报》"笔阵"副刊十四期)中深情回忆说:"就我个人言说,和闻先生已有15年的师生关系,同他在一个环境内生活,也将近十年。"闻一多先生本来是"新月派"诗人,在美国又专业学舞台设计,1932年8月底回母校清华园任教授,教授《诗经》《楚辞》,据赵俪生教授《篱槿堂自叙》讲,闻一多先生从新诗转向古典文学,担心自己功力不到而拼命用功:"他也搞考据、搞训诂,但他比所有的训诂家都高明之处,是他在沉潜之余,还有见解、有议论,这些议论对我们学生来说,启发很大。于是,我们就一下子把闻先生爱上了,大家争着选修或者旁听他的课,闻先生一下子在清华园走红了。"①"我们学生主要是从他的讲课中窥察他的治学方法。他喜欢查类书,我们也跟着查类书。"②闻一多先生的治学方法与"沉潜"功夫,应该说与李嘉言先生极为契合;我们往往会在芸芸众生中无意间得到自己最契心神者,这一点是毋庸置疑的,古往今来的"忘言交""忘年交"等正属此类交游。他者如镜,在这面"镜"中自我会被最真实地映照。故真正的知交其实往往包含了彼此间很多的和而不同,譬如闻先生之于李先生,二人在治学方法、学问志趣、为学之道等方面便有诸多相同,这一点为学界深所称道。如邹同庆先生《李嘉言先生和他创建的"〈全唐诗〉校订组》谓:

> 在治学道路上,李先生受他的业师闻一多先生的影响较深。李先生原本是一个爱新诗、写新诗的青年,在报刊上发表了不少新诗,也结交了不少诗友,如林庚等。自1932年暑假闻一多先生从青岛大学转入清华大学为学生讲授唐诗开始,他被闻先生博学多闻的学识和幽默风趣的教风所

---

① 赵俪生:《篱槿堂自叙》,上海古籍出版社,1999年,第36页。
② 赵俪生:《篱槿堂自叙》,上海古籍出版社,1999年,第36页。

吸引,便放弃写新诗,跟随闻一多先生踏上专门研究古代文学的学者之路。①

李之禹先生在《李嘉言与闻一多先生》中亦讲到:

> 李嘉言来自河南农村,性格沉静而讷于言谈;他禀赋并不特别聪慧,没有深厚的家学渊源;没有很好的经济来源。因此他一年级下期开始发表新诗,二年级下期开始发表论文,挣些微薄的稿费支撑学业。他更没有任何师友乡情的社会关系可以用来帮助他……他只能靠苦学苦读来安身立命。这一点与闻先生有某些相似之处。真正做学问的人大抵如此。因此,李嘉言能不受当时国文系里一般非议鄙薄闻先生的风气的影响,认真选修闻先生《诗经》、《楚辞》和唐诗课。李嘉言在清华求学的后三年中发表论文十三篇,而受教于闻先生后的两年中的三、四年级发表论文共十篇……正是大量查阅类书并直接在闻先生指导下完成的。②

1933年,李嘉言先生跟随闻一多先生研读《诗经》,1935年在《北平晨报》副刊《思辨》上发表了《孔子删〈诗〉辨》,这篇论文对《诗经》学中最关键的问题之一"孔子删诗"进行了专门研辨,足以见出先生非凡的学术勇气和深厚典重的专业积累。为证此点,我们有必要对"孔子删诗"问题稍作展开。

司马迁最早提出的"孔子删诗"说:"古者,《诗》三千余篇,

---

① 李之禹编《李嘉言纪念文集》,河南大学出版社,2015年,第301页。
② 李之禹编《李嘉言纪念文集》,河南大学出版社,2015年,第473-474页。

及至孔子,去其重,取可施于礼义……三百五篇。孔子皆弦歌之,以求合《韶》《武》《雅》《颂》之音。礼乐自此可得而述。"①司马迁认为孔子"取可施于礼义"之诗,而去其重复,这意味着相传三千余篇的古《诗》文本中有重复的部分。此前,孟子提出《诗》亡而《春秋》作的观点,他认为"王者之迹熄而《诗》亡",赵岐为之注曰:"王者谓圣王也。太平道衰,王迹止熄,颂声不作,故《诗》亡。"②《诗》是承载王道之体、反映兴衰之鉴,孟子认为《春秋》出现拨正乱世,而司马迁认为孔子删诗以备王道,成了《诗经》学解释体系中重要的一环。

班固进一步发展"删诗说":"孔子纯取周诗,上采殷,下取鲁,凡三百五篇。"③班固认为孔子在搜集诗的基础上根据年代对其进行了划分,仅取殷周鲁诗,而删掉其他时代与其他诸侯国之诗。班固又指出:"周道始缺,怨刺之诗起。王泽既竭,而诗不能作。王官失业,雅颂相错,孔子论而定之,故曰:'吾自卫反鲁,然后乐正,雅颂各得其所。'"④谓孔子删诗实乃对周道衰微的一种回应,而孔子针对《诗经》中《雅》《颂》两部分进行了整理。在《白虎通》中,班固论述了孔子追定五经乃为"以行其道"⑤。"行其道"指孔子之道,孔子周游列国,知道不行,晚年自卫反鲁追定

---

① 司马迁:《史记》,中华书局,1959年,第1936-1937页。
② 《十三经注疏》整理委员会整理:《孟子注疏》,北京大学出版社,1999年,第226页。
③ 班固:《汉书》,中华书局,1962年,第1708页。
④ 班固:《汉书》,中华书局,1962年,第1042页。
⑤ 陈立:《白虎通疏证》,中华书局,1994年,第444-445页。

第三章 人自树立：近高声自远

五经，并不是希望能借此有实质性的政治成就，而是希望能够正礼乐而使之可得述。

郑玄支持班固的说法且有所拓展，认为《诗经》是经过多手删录而得来的："文、武之德，光熙前绪，以集大命于厥身，遂为天下父母，使民有政、有居。其时《诗》，《风》有《周南》《召南》，《雅》有《鹿鸣》《文王》之属。"按照郑玄的说法，文王、武王开周室之端绪，当时的诗歌也为《诗经》的早期样貌奠定了基础。"及成王、周公致大平，制礼作乐，而有颂声兴焉，盛之至也。"郑玄认为，虽然武王得天下，而天下直到周公之时方才太平。郑注曰："《明堂位》说周公曰：治天下六年，朝诸侯于明堂，制礼作乐。"郑玄在这里不单单将周公视作摄政的大臣，而是一位致太平的王者，因此赋予了周公能够接续文武、采诗以为《颂》的行为以合法性。郑玄对于"孔子删诗"说的拓展在于他将孔子删诗纳入经学解释范畴当中，将"孔子删诗"作为经学问题进行讨论，丰富了"孔子删诗"说的内在价值。

与此同时，学界否定删诗说者亦自不乏于人，其主要疑问之一是《诗经》排序形成的年代。如郑众谓："古而自有风、雅、颂之名，故延陵季子观乐于鲁，时孔子尚幼，未定《诗》《书》，而曰为之歌《邶》《墉》《卫》，曰：是其《卫风》乎。又为之歌《小雅》《大雅》，又为之歌《颂》。《论语》曰：'吾自卫反鲁，然后乐正，《雅》《颂》各得其所。'时礼乐自诸侯出，颇有谬乱不正，孔子正之。"①郑众认为孔子仅正之而非删之,同时抛出一个历史问题——孔子尚年幼已有《诗经》排序,孔子何以删之?

否定删诗说者另一主要疑问是对《史记》所载《诗经》删定前与删定后数目悬殊的质疑。如孔颖达谓:"案《书传》所引之诗,见在者多,亡逸者少,则孔子所录,不容十分去九。"②以此对《史记》所载《诗经》删定前有三千余篇之数提出质疑,这也是"孔子删诗"说在文献流传方面难以回避的问题。孔颖达又谓:"此等正诗,昔武王采得之后,乃成王即政之初,于时国史自定其篇,属之大师,以为常乐,非孔子有去取也。"③这实际上受到了郑玄的影响,《仪礼·燕礼》曰:"奏《南陔》《白华》《华黍》。"④郑玄注曰:"昔周之兴也,周公制礼作乐,采时世之诗以为乐歌,所以通情相风切也,其有此篇明矣。后世衰微,幽、厉尤甚,礼乐之书,稍稍废弃,孔子曰:'吾自卫反鲁,然后乐正,《雅》《颂》各得其所。'"此处所引为《论语》中句子,郑注曰:"反鲁,鲁哀公十一年冬也。是时道衰乐废,孔子来还,乃正之也,故曰:《雅》《颂》各得其所。"故知,郑注以为孔子之前,已经有了确定的篇目存在,孔子述周公之道正礼乐,只是恢复《诗》应有的承载先王之道的功能。孔颖达在此基础上加以发挥,认为孔子不能够在有明确篇目且为常乐的基础上进行删减,因此提出了反对"孔子

---

① 郑玄注、贾公彦疏:《仪礼注疏》,北京大学出版社,1999年,第274页。
② 郑玄注、贾公彦疏:《仪礼注疏》,北京大学出版社,1999年,第8页。
③ 郑玄注、贾公彦疏:《仪礼注疏》,北京大学出版社,1999年,第7页。
④ 郑玄注、贾公彦疏:《仪礼注疏》,北京大学出版社,1999年,第274页。

删诗"说的观点。

李嘉言先生则开篇名义亮明自己的学术观点："关于这一个问题从来有两种极端不同的主张。一是孔子删《诗》；一是孔子未尝删《诗》。比较起来我是赞成前一说的。"[①]然后从四个方面进行了辨证：从正乐方面(引《前汉书·礼乐志》)、从篇数方面(引《史记·孔子世家》)(值得注意的是在这一方面李先生注意到了欧阳修的《诗本义》)、从淫俚方面(引王柏《诗疑》)、从观乐方面(从证明季札观乐不可信入手，以批驳以季札观乐时孔子年幼不可能删诗之说)。在从以上四方面证成孔子删《诗》后，先生又进一步引证史料以辨明之，分别引用《汉书·艺文志》《经典释文》《孔子家语》《毛诗草木鸟兽虫鱼疏》《诗疑》《吕氏读诗记》等后非常斩截地再次点明自己的观点：

> 向来反对删诗者，既都无充分的证据，故吾人亦只有毫不客气地来确定我们的评判：《诗经》是经过孔子删定的。孔子是很好六艺的人，所以在理想上其删《诗》亦是可能的。又因为他删《诗》不注重"国风"(或许如此)，所以很少提及关于《国风》的话；其主要不过在《雅》《颂》在合乎韶武之音而已，所以他说："《雅》《颂》各得其所。"这话亦唯有如此解决方可。不然，我们既不能不承认他删定《雅》《颂》，却又否认他与《国风》的关系，实在是自相矛盾。谓《国风》

---

① 李嘉言：《李嘉言古典文学论文集》，上海古籍出版社，1987年，第19页。

不可入乐,《雅》《颂》可入乐,故孔子定《雅》《颂》,而不定《国风》,则如《墨子》"弦诗三百"与《史记》:"三百五篇孔子皆弦歌之以求和韶武《雅》《颂》之音",当又如何解释呢?尤其如《史》《汉》等说,本不足疑;而彼反对说者则偏舍信史而不顾,妄自疑以惑是非,"甚矣其可怪也"。①

李嘉言先生认为,在无充分证据情况下,"妄自疑以惑是非"显然是不可取的。这是尊重历史、尊重经典、尊重先圣的为学治学态度。这种态度一直贯穿于先生一生的学术研究中,是需要深厚的功力作支撑的。在辨明"孔子删诗"说时,先生特意引证了欧阳修的观点,这是最有深意的,而在学界探讨"孔子删诗"说问题时,引欧阳修《诗本义》者并不多见。由此可见李嘉言先生学问的广博,亦可见先生在治学中是经史并重的。

为证明先生引欧阳修以证成其观点之慧眼卓识,兹对欧阳修《诗本义》相关观点略发明之。

自司马迁提出"孔子删诗"说,学界就一直存在争论。但至目前为止,尚无确凿文献依据可证否此说。而认同者中更是代不乏人,其中欧阳修尤引人瞩目,因其最能代表北宋思想上的活跃和创新精神。②南宋王偁称欧阳修:"孔子既没而孟子生,孟子之后有荀卿,荀卿之后而扬雄出,雄之后而韩愈继,继愈之后,

---

① 李嘉言:《李嘉言古典文学论文集》,上海古籍出版社,1987年,第26页。
② 刘子健:《欧阳修的治学与从政》,新文丰出版公司,1984年,第1-3页。

而修得其传。"①《诗本义》(又称《毛诗本义》)为欧阳修代表性经学著作,朱熹评其"煞说得有好处"②,其《诗经》研究中最突出的当是疑古思想,这直接推动了宋代疑经思想的发展。疑古疑经的欧阳修,居然认同"孔子删诗"说,这也增加了此说的历史影响力。概而论之,欧阳修《诗本义》从三个方面赞同司马迁提出的"孔子删诗"说:一为"时世"、二为"礼乐"、三为"篇数"。

欧阳修就"时世"切入赞同司马迁之说曰:"司马迁之于学也,虽博而无所择。然其去周秦未远,其为说必有老师宿儒之所传。"③欧阳修谓司马迁"去周秦未远"且博学,故在翔实考辨基础上是迁之说,如其解《瓠有苦叶》明确点出"时世"于解《诗》之关键,"若穆子去《诗》时近,不应谬妄也。今依其说以解诗,则本义得矣"④。欧阳修研习经学的基本态度是追溯源流,"去《诗》时近",无疑是相对于后来说《诗》者得天独厚的条件。且司马迁为一代良史,自当秉持秉笔直书之史学精神,故欧阳修赞同其提出的"孔子删诗"说。

其次,欧阳修就"礼乐"角度赞同司马迁之说。春秋中晚期,礼乐主要在《诗经》文本中得以体现,孔子对《诗经》和礼乐关系的论说在《论语》中多有记载。著名的如《论语·八佾》记子夏就"巧笑倩兮,美目盼兮,素以为绚兮"向孔子提问。对比

---

① 王偁:《东都事略》,齐鲁书社,2000年,第604页。
② 朱熹:《朱子语类》卷八《解诗》,中华书局,1986年,第289页。
③ 朱熹:《朱子语类》卷八《解诗》,中华书局,1986年,第289页。
④ 欧阳修:《诗本义》卷二,商务印书馆,1935年,第196页。

今本,"素以为绚兮"一句不见于《诗》,马融注曰"其下一句逸也"[①],而郑玄注曰"此三句诗之言",郑君此言实际上更有可能表达的是对于马融说的怀疑。揣摩文意,更想表达的可能是"素以为绚兮"是其他诗篇中的句子而被子夏引来论述的观点。郑玄认为,子夏向孔子提问的原因是"疾时淫风大行,嫁娶多不以礼者",所以他认为论述这三句诗的意义在于匡正时人的嫁娶失礼之风。子夏谓"礼后乎",郑玄作注:"欲以众采喻女容貌,素功喻嫁娶之礼。"[②]可见对于《诗》的讨论已经实现了从文本本身到礼乐制度的跳跃。而欧阳修《诗本义》主要以雅合"礼乐"来解《诗经》的,即传承了司马迁明确提出的孔子"删诗"的原则是"可施于礼义"说。可见"礼乐"是孔子所重,也是司马迁所重。事实上,合乎"礼乐"也是欧阳修《诗本义》赞同"孔子删诗"说贯穿始终的一个原则,如解《二子乘舟》时,谓宣公夺伋妻、公子伋和寿死皆不得礼;[③]《考槃》中以不符合孔孟之"礼"详解郑之失。[④] 当然,欧阳修以"礼"赞同"孔子删诗"说,是建立在史实的基础之上的,他从《春秋》《春秋左传》《国语》等史料中关于《诗》的文献,与其所见之毛本郑笺及他本比对,发现一些接近《诗》世而已然不见于今世之相关《诗》句或解说。对此,欧阳修认为,此当为孔子"删诗"的结果。如其解《兔罝》时以"郤至所

---

① 皇侃:《论语义疏》,中华书局,2013年,第59页。
② 王素:《唐写本论语郑氏注及其研究》,文物出版社,1991年,第19页。
③ 欧阳修:《诗本义》卷二,商务印书馆,1935年,第199页。
④ 欧阳修:《诗本义》卷二,商务印书馆,1935年,第200页。

第三章 人自树立：近高声自远

引才诗四句,疑当时别自有诗",解《麟之趾》时以"孟子去《诗》世近而最善言《诗》,推其所说《诗》义,与今序意多同",解《瓠有苦叶》时以"鲁叔孙穆子赋《瓠有苦叶》,晋叔向曰：'苦瓠不才,供济于人而已'",都秉持着尊重"去《诗》世近"而言《诗》最善的原则[①],毫无疑问这是科学的。

再次,欧阳修就实有《诗》篇数与现存《诗》篇数相差悬殊来判定孔子曾经删《诗》,李嘉言先生在《孔子删〈诗〉辩》中专门征引了欧阳修观点："司马迁谓古诗三千余篇,孔子删之,存者三百。郑学之徒,皆以迁之谬言……以予考之,迁说然也。何以知之？今《书》《传》所载逸诗,何可数也？以郑康成《诗谱图》推之,有更十君而取其一篇者,有廿余君而取其一篇者。由是言之,和啻于三千？"此段话出自欧阳修《诗本义·诗图总序》(四库全书本"有廿余君而取其一篇者"作"又有二十余君而取其一篇者")[②],李先生赞同欧阳修关于《诗》篇数相差悬殊的观点,是据史实而断的。当然,李先生对于欧阳修观点亦非全是之,如欧阳修《诗本义·诗图总序》亦持季札曾观周乐说,"周召邶鄘卫王郑齐豳秦魏唐陈桧曹,此孔子未删诗之前,季札所听周乐次第也。"[③]先生通过爬梳古今相关史料与研究,认为季札曾观周乐说靠不住。

李嘉言先生正是本着有一分材料说一分话的实事求是精神

---

① 欧阳修:《诗本义》卷一,商务印书馆,1935年,第186页。
② 欧阳修:《诗本义》,商务印书馆,1935年,第300-301页。
③ 欧阳修:《诗本义》,商务印书馆,1935年,第300页。

进行学术研究的。关于"孔子删诗"他征引欧阳修观点,乃在于在《诗经》研究史上,欧阳修的相关研究非常重要。欧阳修对《诗经》的正式研究,最迟开始于宝元二年(1039),直到其逝世前两年,即熙宁三年(1070)《诗本义》才最终定稿①,可见其"孔子删诗"说绝非轻率。欧阳修通过编撰"诗图",发现国风数量缺失者多,极有可能经过删削。就周代有诗之国来讲,一般从其立国至春秋中叶,曾在位之君多为十数位,而《诗》只取一二君,如秦自秦仲于西周宣王时开国至春秋周定王时,共十二君,而《秦风》仅隶属襄公和康公二君。另,《诗》产生的时代诸侯国数量极多,而《风》仅取十五;西周十二王,《雅》仅取其六。从存诗数目考量,欧阳修赞同司马迁所提出的"孔子删诗"说。② 欧阳修以毛本对应诸侯国君世次之数,显而易见不能对应且数目悬殊,从而证实司马迁之论,是为"孔子删诗"说一有力证据。引欧阳修以证"孔子删诗"说成立,见出先生慧眼如炬。

第三节 李嘉言与《全唐诗》

李嘉言先生在闻一多先生门下,最为学界瞩目的是关于《全唐诗》的整理与研究。《全唐诗》是清康熙四十四年(1705)由曹寅主持扬州诗局刊刻的。曹寅主持刊刻的《全唐诗》尚存诸多不尽如人意处,诸如收录不全,尤以中晚唐诗集缺失为多,

---

① 顾永新:《欧阳修学术研究》,人民文学出版社,2003年,第225页。
② 欧阳修:《诗本义》,商务印书馆,1935年,第300-301页。

朱彝尊《全唐诗未备书目》中列出了140种左右，其中中唐、晚唐时期占百分之九十五以上。再如对金石碑刻未能采录，更有重出误收等一系列舛讹。所以学界需要对《全唐诗》进行全面系统的整理与重编。

为系统了解李嘉言先生对于《全唐诗》的学术贡献，在此简要梳理一下相关学术史。

《全唐诗》的整理，明代胡震亨功颇著焉，著名历史学家朱希祖曾于1937年写信致当时古物保管委员会，请求保存胡墓，谓："案胡孝辕先生，名震亨，浙江海盐人，明万历丁酉举人，官至兵部职方司员外郎。致仕家居，殚心著述，生平所著最重要者有《唐音统签》《靖康咨鉴录》《海盐县图经》《读书杂录》《赤城山人集》，又辑刻《秘册汇函》，其后复为毛氏汲古阁校刻《津逮秘书》。而《唐音统签》一千三十卷，汇集全唐人诗集而成，厥功尤伟，清初其子校刊过半，今通行之《唐音戊签》《唐音癸签》即其中之一部分，其全书清初收归内府，今尚保存于故宫博物院。康熙钦定《全唐诗》九百卷，即删改此书而成。是其有功于吾国文学至深且大，其事迹详载《浙江通志》及府县志。"[①]朱希祖正是着眼于《全唐诗》在中国文学史和文化史上的巨大影响和深远意义来高度评价胡振亨整理中华文学遗产之功的，非唯为表彰凭吊胡一身而已，乃为彰显中国优秀传统文化以培育民族文化自信之苦心。

---

① 朱元曙、朱乐川整理《朱希祖日记》，中华书局，2012年，第762-763页。

朱希祖对钱谦益的《全唐诗》评价不高,认为其系剽窃胡震亨《唐音统签》而成。后来季振宜得钱氏焚余之稿,又增补为七百十七卷。1937年3月9日朱希祖日记曾有一段补记:

> 《统签》在崇祯时已开始刊刻,钱氏盖抄其成书而去其考证及仙鬼等诗,及癸签之诗话,改名《全唐诗》。盖钱氏以攘窃他人著述名,宋徵舆《林屋文稿》言其攘窃程孟阳所选《明诗》为《列朝诗集》,攘窃王士骐《明史》为《讳史》,则其《全唐诗》攘窃胡震亨之《唐音统签》又何异乎?季振宜得其焚余稿,增补为七百十七卷,经始于康熙三年,告成于康熙十二年,而钦定《全唐诗》则刻于康熙四十六年。此二《全唐诗》皆未言及《唐音统签》,盖攘窃为己有,必淹没原著者之名也,钱氏不足论矣,以帝王之尊尚欲与儒生争名,窃他人之书,而略删减移易,即署曰'钦定'。若故宫不见此二书,则《全唐诗》终古称为康熙御撰矣。故此二书之发见,实可为彼辗转攘窃之证也。二十六年三月九日补记。①

朱希祖认为,康熙《全唐诗》直接源于季振宜增补钱谦益焚余之《全唐诗》本;钱谦益《全唐诗》又来源于胡震亨《唐音统签》。在从胡振亨《唐音统签》到康熙《全唐诗》的流变过程中,季振宜功颇著焉。为此,朱先生专门评价季氏于《全唐诗》传史之功:

> 又有季振宜《全唐诗》七百十七卷,小传亦详,与《统

---

① 朱元曙、朱乐川整理《朱希祖日记》,中华书局,2012年,第762-763页。

第三章 人自树立：近高声自远

签》大略相同，序称出于钱谦益，散佚过半，振宜辑补而成。此书经始于康熙三年，告成于康熙十二年，序即作于十二年。乌丝栏钞本，亦在康熙时，共列一千八百九十五人，四万二千九百三十一首，然未尝道及《唐音统签》。考《统签》刻于康熙□□，起初仅有稿本，胡震亨与汲古阁毛氏善，故其取材大都本于毛氏，钱谦益亦与毛氏善，疑钱氏本出于胡本，而钦定《全唐诗》，亦以胡稿为蓝本，而参酌钱本而成。[①]

朱希祖谓胡振亨《唐音统签》大部分本于毛晋汲古阁藏唐人诗集，"钱谦益亦与毛氏善，疑钱氏本出于胡本，而钦定《全唐诗》，亦以胡稿为蓝本，而参酌钱本而成"。他认为《全唐诗》版本流传系统路径大致如下：毛→胡→钱→季→康熙《全唐诗》。朱先生希望对此流传版本之间的关系能够有清晰的研判，故数赴故宫博物院图书馆查阅相关文献资料，尤其重点查阅《唐音统签》："观明海盐胡震亨所辑《唐音统签》一千三十三卷，一百二十册。"朱先生把当时观书所得进行了详细记录：

甲签，卷一至卷七，七卷。

乙签，卷八至卷八十六，七十九卷。

丙签，卷八十七至卷二百十一，一百廿五卷。

丁签，卷二百一十二至卷五百五十二，三百四十一卷。

戊签，卷五百五十三至卷八百十七，二百六十五卷。

己签，卷八百十八至卷八百七十一，五十四卷。

[①] 朱元曙、朱乐川整理《朱希祖日记》，中华书局，2012年，第693页。

庚签,卷八百七十二至卷九百二十六,五十五卷。

辛签,卷九百二十七至卷九百九十二,六十六卷。

壬签,卷九百九十三至卷一千,八卷。

癸签,卷一千零一至卷一千三十三,三十三卷。

此书惟戊签有刻书年月,其他皆无,盖必已全刻。故宫所藏,盖多抄配:

丙签,卷九十二至卷九十四,抄三卷。

丁签,卷三百二十二至卷三百九十九,抄七十八卷。

丁签,卷四百八十至卷五百五十二,抄七十三卷。

己签至壬签,卷八百十一至卷一千,抄一百九十卷。

共抄配三百四十四卷,刻本六百九十八卷,抄配者邢村范希人文若,亦康熙时人。

甲签帝王诗;乙、丙、丁、戊四签约分初、盛、中;己签为五代诗;庚、辛签乐府诗;壬签为仙鬼诗;癸签为诗话。《统签》诗人各有小传,详于《全唐诗》,间有考证。钦定《全唐诗》删为九百卷,小传节略,考证全删。①

朱希祖先生于 1944 年 5 月发表《〈全唐诗〉之来源及其遗佚考》(《文史杂志》第 3 卷第 9、10 期),该文诸多观点虽然囿于时代条件尚可商榷,但其明确提出的观点和问题则对于《全唐诗》的研究是重大的关键点。如关于《御定全唐诗》的来源问题,朱

---

① 朱元曙、朱乐川整理《朱希祖日记》,中华书局,2012 年,第 692-693 页。

文谓"以胡氏《统签》为蓝本,而参酌钱本而成者"①,据诸多学人研究,季本实际为编撰《御定全唐诗》最重要之底本。

朱希祖先生对钱、季递辑的《全唐诗》进行了重点研究,和同时的俞大纲先生的相关研究无疑是《全唐诗》研究界的重要硕果。

朱希祖先生所谓"闻俞大纲曾将三书比较一过,当能详其源流也",即俞大纲曾将胡震亨《唐音统签》、钱谦益《全唐诗》和季振宜《全唐诗》三书比较。当时故宫博物院图书馆、北平图书馆与历史语言研究所拟刊行国藏善本书,其中包括《唐音统签》。俞大纲是受傅斯年之命而为。

傅斯年是五四新文化运动期间成长起来的历史学家,响应其师胡适的倡导,积极从事"整理国故"活动,他特别重视"史料"的发掘,有"上穷碧落下黄泉,动手动脚找东西"的生动说法,故派遣俞大纲往故宫对御定《全唐诗》相关文献做调研。俞氏后来所做的"调查报告"揭开了《全唐诗》编纂的一些秘密。

俞大纲文章题目曰《记〈唐音统签〉》,发表于1939年《历史语言研究所集刊》第7本,是对《唐音统签》"真正具有的现代学术意义上的研究"②(此文未成部分由周本淳先生接续完成,20世纪80年代应上海古籍出版社之约整理校点《唐音癸签》即为成果)。文前《弁言》曰:"今春奉孟真先生之命,入故宫图书馆

---

① 朱希祖:《〈全唐诗〉之来源及其遗佚考》,《文史杂志》第3卷第9、10期,第38页。
② 冉旭:《〈唐音统签〉研究》,博士学位论文,复旦大学,2004,第2页。

借读《唐音统签》,并与传世诸唐人总集别集及今本《全唐诗》等书较其精疏同异,阅数月仅得粗告毕工。"①

俞大纲文是一篇关于《全唐诗》研究的极其重要的长篇论文,共30页,正文分六部分。文章明确表示,1936年春作者奉傅斯年之命,到故宫图书馆查阅和研究胡震亨所编纂的《唐音统签》(一千三十三卷),"并与传世诸唐人总集别集及今本《全唐诗》等书较其精疏异同,费时数月,录成此文"。俞氏所谓"传世诸唐人总集别集"主要指同馆所藏的钱、季递集的《全唐诗》,而所谓"今本《全唐诗》"则指康熙时由曹寅、彭定求等人奉敕编刻的《御定全唐诗》(九百卷)。俞氏据季书序,知其"本钱谦益残稿而成"。胡氏书是康熙时朝廷"购得",季氏书是"进呈"。这两部巨著就是编纂《全唐诗》时所凭借的底本。在唐诗文献史上非常重要,也非常有名。在御撰《全唐诗序》和《四库总目提要》里,都只明提胡氏书,而对于季氏书则只称为"内府全唐诗(集)"。长期以来一般人都不知晓季氏及此书。众所周知,第二次国内革命战争时期(1827-1937)是民国史上文化建设和发展相对较好的阶段,这个时期有多位学者不约而同地关注《全唐诗》等文献问题。俞氏的论文中第三、四、五部分尤为重要:第三、四部分论述《唐音统签》的"编制"即体例,在叙述中,常与季氏书、《全唐诗》进行比较。这些比较实际上类似校勘性的文

---

① 俞大纲:《纪〈唐音统签〉》,《历史语言研究所集刊》,1939年第7期,第256页。

字,涉及误收、重收等等问题,与同一时期闻一多等人所从事的校勘研究相似。第五部分是"纪统签所用版本",选取十数种胡震亨亲自撰写的唐集叙录并加上补充按语,对于研究唐诗别集的版本及流传很有意义。该文的正文和补记于1937年3月撰成,两年后发表。

朱、俞二先生外,另有胡怀琛《〈全唐诗〉的编辑者及其前后》对《全唐诗》的编辑者进行探讨,认为既非曹寅,亦非十词臣。该文据冒襄《影梅庵忆语》之"搜罗唐人诗集,及计划编成一部总集"语,推断出明清之际,士林间当有编撰全唐诗的话题与志向。

此外,郑振铎对于《全唐诗》亦一直十分关注,曾于1940-1941年间购得钱、季递辑的两个稿本(即原稿本和誊清本),原稿本现藏台湾,誊清本现藏国图。郑振铎《劫中得书记》对于唐诗的记述尤多,具载如下:八"席刻唐诗百家"、九"唐诗类苑"、十九"唐诗戊签"、二十"唐诗纪"、二十一"唐诗纪事"、二十二"唐音癸签"、四十七"中晚唐十三家集"、四十八"唐宫闺诗":"明末刊本。刘云份辑,二卷二册",① "唐宫闺诗无单刊者,胡震亨《唐音统签》'庚签'有宫闺诗九卷,然未刊。流传于世者亦仅薛涛,鱼玄机诗集耳。此书所辑虽遗漏尚多,然实为辑全唐女子诗之椎轮也。"② 六十六"唐十二家诗集":"不分卷十四册,万历

---

① 郑振铎:《劫中得书记》,上海古籍出版社,2006年,第39页。
② 郑振铎:《劫中得书记》,上海古籍出版社,2006年,第40页。

甲申杨一统刊本","明人编选唐诗者至多,自高棅《唐诗品汇》以下,至冯惟纳《唐诗纪》、张之象《唐诗类苑》、胡应麟《唐音统签》(仅见戊签及癸签二集)、曹学佺《唐诗选》无虑数十百家,而合刻数家诗者却不多见。合刻初盛唐诗十二家者,有嘉靖壬子永嘉张逊业本,有晋安郑能本,余皆未见。此本题为'重刻',却未说明系覆刊何家者。三家所选十二家,名目皆相同。未知张郑二家谁为祖本……孙仲逸序此书云:于时作者众多,篇章繁赘。选醇摘粹,种种相望。……均之二集,未为折衷。故总唐初四杰及陈沈王孟十二人为集。上尽正始之英,中罗开元之美,外联甫白之华,下社中晚之渐,有唐之盛,班然备于斯集矣。虽多溢美之词,然知择此十二家,尚有识力。暇当与他本校之,未始非《全唐诗》之助也。每册均有'御赐天存阁'及'南海康有为更生珍藏'二印,盖自康氏散出也。"① 由上可见郑氏于《全唐诗》热忱之一斑,进而推知李嘉言先生对于《全唐诗》的关注与热忱正是在这个学术氛围中被熏陶出来的。

一直以来,笔者都在思考一个问题:在那个风雨如晦的艰难岁月,学界有识之士为何会不约而同把目光聚焦在"唐诗"上,从而在民国时期形成唐诗学研究的热潮。或许和唐这个朝代以及那个时代的唐因素有关,民国学人或许是为在唐因素中寻找救国强国之文化遗传基因而努力整理古籍吧。

在《全唐诗》的整理与研究上,闻一多先生是"真正认识到

---

① 郑振铎:《劫中得书记》,上海古籍出版社,2006年,第52-53页。

《全唐诗》的缺陷并着手对它全面整理"的第一人①,陶敏先生在文章中对闻一多先生的唐诗研究如此评说:

> 湖北人民版《全集》所收闻先生未刊唐诗研究遗稿主要集中在文献史料,特别是《全唐诗》研究方面。……由于它(指《全唐诗》)本身总结了数百年唐诗文献研究的成果,收罗弘富,又经康熙"御定",尽管存在着体例不善、诗篇误收漏收、作家作品重出、小传小注乖误等诸多缺陷,一直是后人研究唐五代诗歌的最重要的基本文献。直到清末,几乎没有人对它提出任何批评。只有朱彝尊将应曹寅之请补辑唐诗佚诗而未及收入《全唐诗》的一百四十九种书籍编为《全唐诗未备书目》,后刻入《晨风阁丛书》中。海外则有日本人市河世宁曾就日本汉籍辑录佚诗,编为《全唐诗逸》三卷。1908年,刘师培曾撰《全唐诗发微》一文……对书中少量的重出误收诗作了考辨,但局限于个案的讨论,并没有超出传统考据的范围。此后《全唐诗》研究甚为沉寂。
>
> 真正认识到《全唐诗》的缺陷并着手对它全面整理的,闻一多先生是第一人。……闻先生的唐诗研究虽然始于杜甫和岑参,但他的目光并没有局限于这两位诗人,而是投向了唐代全部诗歌和广大诗人群体,并且敏锐地洞察到《全唐诗》诸多重大缺陷,决定为之订补小传、辨证重诗、补辑逸

---

① 陶敏:《闻一多唐诗文献研究的学术史批评——〈全唐诗人小传〉前言》,《云梦学刊》2006年第2期。

诗、校勘文字,进行整体研究和全面整理,从而使自己的唐诗研究建立在坚实可靠的史料基础之上。

……

从刘师培《全唐诗发微》到闻一多全面整理《全唐诗》,正反映了唐代文学研究由传统向现代的学术"转型"。……闻一多先生既有良好的旧学根柢,又在国外接受过现代科学方法训练,所以,当他一接触唐诗研究,就迅速显示出超越前贤总览全局的开阔视野和恢宏气象。

……

唐诗是我国古代文学中的瑰宝,一千多年来始终是人们学习和研究的对象。但是,前人研究唐诗主要以了解、学习和欣赏为目的,采用的主要是直觉感悟和注释评点的方法,对于唐诗的产生和发展、它和唐代社会生活的联系等一系列问题,不可能作出科学的说明。当最后一个封建王朝被推翻,统治中国数千年的封建伦理道德观念和儒家思想彻底动摇之后,怎样对待古代文化遗产就成为人们必须面对和解决的问题。闻先生正是在这种情况下勇敢地承担起了时代赋予的重任,在唐诗研究领域中开疆拓土,辛勤耕耘,作出了巨大的贡献。

……20世纪后20年,唐代文学研究特别是文学文献的研究取得了突出的进展,《全唐诗》研究创获尤为丰硕,在这里闻先生的影响是无处不在的。……此后,李嘉言在1941年7月《国文月刊》第九期上发表《全唐诗校读法》,补充提出了七个公式。1956年12月9日,李嘉言《改编〈全唐诗〉草案》一文在《光明日报》发表,将辨重列为改编的首要工作;他所在的河南大学唐诗研究室在编制《全唐诗》首句索引的基础上普查重出诗,编出了《全唐诗重编索引》一书,于1985年出版。1996年出版的佟培基《全唐诗重出伪收考》,对《全唐诗》中六千八百五十八首又一百七十八句重出诗逐一进行了甄辨,成为《全唐诗》辨重祛伪的集成之作。回顾历史,闻先生发踪指示之功实不可没。20世纪末期,在唐诗辑逸方面,前有王重民、孙望等《全唐诗外编》,后有陈尚君《全唐诗补编》;在唐诗辨伪方面,有陈尚君《全唐诗误收诗考》;在诗人事迹考订方面,有傅璇琮《唐代诗人丛考》和《唐才子传校笺》、张忱石《〈全唐诗〉无世次作者考索》;在唐人交游考索方面,有吴汝煜、胡可先《全唐诗人名考》和陶敏《全唐诗人名考证》;在唐人著述目录方面,有陈伯海、朱易安《唐诗书录》和张固也《新唐书艺文志补》;在文学史事编年方面,有傅璇琮《唐代文学编年史》,等等。然而,这些举一代学人之力所完成的课题不早已包含在先生的研究计划之中,不正是先生研究工作的自然延伸和发展吗?当我们回顾20世纪唐代文学研究史时,我们不妨为取得的成绩高兴,但没有任何理由轻视前人的劳绩。为学亦如积薪,后来者本当居上,这正是不断发展的学术史上的必然现象。

刘师培的《读全唐诗发微》,于1908年发表在《国粹学报》,

"除了列举《全唐诗》中误收之作、重出之作、一诗两见、以后人之注误为作者之注、辑者注释之词失考、诗之序文有误、诗题有误、小传有误外,尤为重要的是提出唐诗可与史书互证的主张,并举出十九个例子。"①刘师培文极具学术眼光,兹引录如下。

《全唐诗》所载感时伤世之诗,均可与史书互证。如杨炯(一函十)《和刘长史答十九兄》诗,言刘廷嗣官润州,为徐敬业所执也。(故诗有"石城俯天阙"诸句,又有"危言数贼臣"句。)岑参(三函八)《骊姬墓下》诗,言武惠妃之事也。(诗言"献公忿耽惑,视子如仇雠",又言"欲吊二公子,横汾无轻舟",刺讥之言可见。)高适(三函十)《辟阳城》诗,(诗言"何得英雄主,反令儿女欺",又云"母仪既云失。")祖咏(二函九)《古意》诗,(诗云"夫差日淫放,举国求妃嫔",又云"楚王竟何去,独自留巫山"。)李嶷(二函十)《读前汉书外戚传》,(诗云"印绶妻封邑,轩车子拜郎",又言"宠因宫掖里",)均讥杨妃之宠,兼刺玄宗之色荒。白居易(七函六)《思子台有感》,(序言"祸胎不独在江充",诗言"但以恩情生隙罅,何人不解作江充",又言"但使武皇心似镜,江充不敢作江充"。)郑还古(八函二)《望思台》,(诗云"谗语能令骨肉离"。)许浑《读戾太子传》,(诗云"佞臣巫蛊已相疑,身殁湖边筑望思"。)温庭筠(九函五)《四皓诗》,(诗云"但得戚姬甘分定,不应真有采芝翁",)均刺文宗之废立,

---

① 卞孝萱:《刘师培〈读全唐诗发微〉书后》,《古典文献研究》2005年。

兼悼太子之陈冤。自此以外,则权德舆(五函八)《读谷梁》之作,(诗云"奈何赵志父,独举晋阳兵",又云"群臣自盟歃,君政如赘旒",)指李怀光之事言。吴融(十函七)《无题》之什,(诗云"沁园芜没伫秋风",又云"粉貌早闻残洛市,箫声犹自傍秦宫,今朝陌上相非者,曾此歌钟几醉同"。)指韦保衡之事言。而戎昱(四函十)《苦哉行》,则又伤回纥之横暴,(诗云"彼鼠侵我厨,纵狸授梁肉,鼠虽为君却,狸食自须足"。又云"膻腥逼绮罗"。)感时抚事,情见乎词。推之李华《咏史》(三函),王翰《飞燕篇》(同上),均指陈宫闱之失,敷陈往事,以寄讽谏之忱。罗隐《咏史》诗(十函四),韩偓《有感》诗、《观斗鸡》诗(十函七),均历指邪臣之非,比物兴怀,以写离忧之思。汇而观之,可以考见唐代之秘史矣。其足以考证人物者,其证尤多。如岑参《送许拾遗思归江南拜亲》诗(三函八),许拾遗者,即杜少陵诗中所谓许八拾遗也。李渥有《秋日登越王楼献于中丞》诗(九函三),李渥者,即《唐摭言》所记之李渥也。此亦《全唐诗》有补于考史之证。①

刘师培从史学角度,提出"《全唐诗》有补于考史"之说,对于《全唐诗》的学术意义的确立是十分重要的。因此,对于《全唐诗》进行全面系统整理与研究是史学研究的最基础工作,以诗证史,可以最大限度地还原历史真相、补充正史略去不书的细

---

① 卞孝萱:《刘师培〈读全唐诗发微〉书后》,《古典文献研究》2005年。

节。而这些细节才是研究者得以重返历史场域的"舟""桥""灯",毕竟历史虽然必须靠宏大叙事来支撑,但生活是生动的、琐细的、丰富的,只有加入这些生动的、琐细的、丰富的历史细节的书写,历史才是有血有肉的历史,才是弥漫着人间烟火气的历史,才是散发着生命灵光的历史。历史是冷却的关于过去的记载,文学是有温度的关于过去的书写,研究古代文学不仅仅是"史",更需要活生生的历史,而不是宏阔简约的历史。全面系统整理《全唐诗》的意义,正在于让唐的历史生动起来、丰满起来、灵动起来,它不仅有军国大事的书写,而且有日常私生活的书写。军国大事与普通人的私生活,都是唐的历史。前者自然可以记载于正史中,而后者则依赖于文学作品去还原。对于唐诗所涉及细微者的考证,是研读唐诗必不可少的一环,它关涉着史学研究的方方面面,这一点被陈寅恪先生、闻一多先生和李嘉言先生先后以不同的治学方式所承继,且各自以不同的治学理路与途径在整理与研究着《全唐诗》。

李嘉言先生对于刘师培在唐诗方面的相关研究,早年即已多所留意。如在西南联大期间漂泊滇境时,偶见陈延杰《贾岛诗注》,甚喜,遂"购而读之",又胪列其"考订偶疏"者多条。其一曰:

> 卷八《寄柳舍人宗元》,一本无宗元二字,是也。宗元未尝官舍人。刘申叔《全唐诗书后》已辨之,《注》竟未引证,且节录《唐书·宗元传》于题下,殊非是。据余考订,柳

舍人当是柳公权。①

李嘉言正是站在研究《全唐诗》诸巨人肩膀上成长起来的一代学人中的佼佼者。在乃师闻一多的深刻影响之下,对于《全唐诗》有着不一样的情感,更有着不一样的责任,他把这份情感和责任——无论对唐诗还是乃师——一生都在践行。《改编〈全唐诗〉草案》最集中地体现着李嘉言先生不忘初心的"寸草心"。1956年12月9日,李嘉言先生在《光明日报》上发表了《改编〈全唐诗〉草案》,提出清编《全唐诗》所存在的问题:

> 清编《全唐诗》九百卷,收录二千余家,诗近五万首,信为研究唐诗之宝筏。唯当时参与编纂者,匆忙草率,未遑细审,遂致讹误百出,舛戾迭见。故今须详加校订,妥为改编。兹就鄙见所及,依"校订""整理""删汰""补正"四大类,分别举例说明其改编计划。②

此文发表后,"先后有王仲闻、丁力、汪绍楹诸同志支持这个建议,并提出了许多宝贵的意见。(见一九五七年一月六日及四月七日《光明日报》)。"③当时李嘉言先生着手进行《全唐诗》相关的整理改编工作,各方面条件是不具备的。但先生以非凡的学术勇气和担当情怀,于1960年代初的河南大学,在科研人才

---

① 李嘉言:《李嘉言古典文学论文集》,上海古籍出版社,1987年,第375页。

② 李嘉言:《李嘉言古典文学论文集》,上海古籍出版社,1987年,第281页。

③ 李嘉言:《改编〈全唐诗〉草案》"附记",载李之禹编《李嘉言纪念文集》,河南大学出版社,2015年,第281页。

和科研经费等极其匮乏的条件下,毅然决然成立了"唐诗研究室"。"让我们记住第一批安于寂寞、默默地进行唐诗整理的先行者。除李嘉言外,成员是高文教授、于安澜教授、吴鹤九教授,青年教师孙先方、邹同庆等。接着,以佟培基教授为首,包括齐文榜教授、吴河清教授以及一批在学术上崭露头角的青年学者加盟,薪火相传,唐诗整理的成果陆续面世,《草案》的预想正在逐步变为现实。"①

唐诗在历代流传过程中由于各种原因而造成多种错讹,李嘉言先生曾对此多有专门举例论及。这类文章虽小,却功力深厚,于中可见"读万卷书,行万里路"于学人之重要。唐代疆域广阔,对于唐诗而言,非有广博的地理名物识见之储备,对于诗中所涉及地名则会茫然无知而臆断出现讹误。李嘉言先生对此类错讹,曾以岑参诗为例进行说明。

> 岑参《田使君美人舞如莲花北铤歌》"花门山头黄云合",王荆公《唐百家诗选》作"花开山头黄云合"。骤然看来,好像"花开山头"容易了解,但你如要晓得唐甘州张掖郡有"花门山堡"这个地方,又晓得岑参确曾到过张掖,你将以为"开"字是个错字。是的,明正德本及《全唐诗》、《岑参集》都做"花门",岑公并且另有《戏问花门酒家翁》一诗,《凉州馆中与诸判官夜集》诗内也有"花门楼前见秋草"的

---

① 刘增杰:《李嘉言的与"清华学派"》,载李之禹编《李嘉言纪念文集》,河南大学出版社,2015年,第281页。

句子,那么,《百家诗选》所以误成开字的原因,固然可以是形近而误,但也很有可能是后人不解原句而妄改。下文"白草胡沙寒飒飒",《百家诗选》胡作明,恐怕也不见得对,因为正德本及《全唐诗》都作胡,不过这个字关系尚浅,就会是"明沙"也还使得。"花门山"是个专有名词,却不能轻易放过。①

有这种考证功夫,是李嘉言先生敢于提出《草案》的学术自信力所在,是其提出"读诗需要考证"②观点的理论基础,也是李嘉言先生的唐诗研究学术与趣味兼备的学术魅力之源。

如在《岑参西北行》一文中,先生有"诗英雄"说:"盛唐诗之所以焕炳辉煌,不仅是仗凭着不世出的'诗圣''诗仙''诗佛'与'诗天子',也颇有赖于'诗英雄'岑参、高适的支持。"③先生认为考证是研究唐诗的基础,他自己在研究岑参诗时就说:"闻一多先生著有《岑参年谱》,我曾经根据《年谱》作了一本《岑参诗编年考证》。因有这本《考证》的稿本留在手头,我才敢来试谈岑公的行事。不然,像某一部文学史把岑公赴安西以后所作《银山碛西馆》《送魏升卿擢归东都》《玉关盖将军歌》以及晚年所作《江山春叹》诸篇,都认为是做安西节度判官以前失意时代所

---

① 李嘉言:《李嘉言古典文学论文集》,上海古籍出版社,1987年,第226-227页。
② 李嘉言:《李嘉言古典文学论文集》,上海古籍出版社,1987年,第227页。
③ 李嘉言:《李嘉言古典文学论文集》,上海古籍出版社,1987年,第287页。

作,又误认其五十岁所作《韦员外家花树歌》为三十岁前后所作,这一种大胆尝试,究竟是不足为训的。"①先生非常明确地提出:在不进行考证基础上的唐诗研究,是"一种大胆尝试,究竟是不足为训的"。如果没有考证,无有具体作品系年系地等确凿因子的把握,则对具体作品的研究是根本无法深入的。这关乎回归文本后的文本细读基础,文学即人学,任何作品尤其是经典都是镜照历史、时代、作家的那面镜子,而考证的宗旨就是要使"那面镜子",成为真正意义上的"镜子",而不是放大镜甚至是哈哈镜。在"镜照"基础上,对于具体作品的微观深细研究才有能够进行的条件保障,字词句的组合都是关乎作家自我的有意味的形式存在,物象的选取、地名的嵌入等看似客观的外在因素,实际都需要考证后才能对其在文本中的意味做出相对确切的判断,而此判断对于宏观把握作家作品是极其关键的。

在研读杜甫诗歌时,"艰难"一词引起了先生的关注,他在《杜诗中的"艰难"——读杜札记》一文中敏锐地发现杜甫诗"艰难"大有深意,通过考证,先生发现此词的运用是透视"杜甫精神"的一个窗口。

> 杜甫在安禄山乱前所作诗中用"艰难"这个词的只有一处,这一处是说他卧病艰难。禄山乱后到寓居成都以前三四年内用"艰难"字最多,而绝大多数都是关心国家和人

---

① 李嘉言:《李嘉言古典文学论文集》,上海古籍出版社,1987年,第287页。

民的。刚到成都二三年内,生活比较安定,诗中无"艰难"字。以后又辗转迁徙,生活困顿,虽然较多地提到了个人艰难,但仍以关心国家、人民或友朋的为多。

单凭"艰难"一个词儿当然说明不了多大问题,但把它同全篇联系起来,同作者的时代、生活联系起来,不仅可以看出创作与生活的密切关系,看出创作随着生活的转变而转变,重要的是还可看出杜甫的深厚的爱国爱民的思想感情,看出他对于艰难的正确态度。当他想到国家和人民的艰难时,就把自己的艰难放在不重要的地位,以至于甘心忍受艰难而无怨言。……我们从分析杜诗中许多"艰难"词义所得出的结论,如同研究他的全部作品所得出的结论是一样,杜甫的精神是伟大的。①

以上例证,看出李嘉言先生"读诗需要考证"之说的提出,是建立在深厚学养基础上的,是其密切联系时代、生活等进行唐诗及古代文学研究的又一例证,是先生务实作风与踏实做学问的自然体现。《草案》的提出与具体内容,正是"读诗需要考证"的学术实践。

如果说,《全唐诗》是李嘉言先生一生学术研究的中心点的话,那么这个中心点的周围是由先秦文学研究、汉魏六朝文学研

---

① 李嘉言:《李嘉言古典文学论文集》,上海古籍出版社,1987年,第307页。

究、唐宋文学研究、元明清文学研究等一个个具体的点连接而成。任何一个人都不可能脱离开其生活的时代,先生的学术自然深深打上了其生活时代的烙印。文学研究是"人"的研究,在对中国古代文学作家作品的研究中,先生毫无疑问难以避免自己对生活的体验——这是任何一个文学研究者都会有的——而正是这些研究者自身生活体验的带入,才使得文学研究有着生命的温度。

  先生的研究,涉及生活的方方面面,这是自古以来就应当的生活的样子的呈现——劳作的日常、人情的家常、炊烟中的夕阳、风沙中的边塞等等,先生致力于对相关作品的精深研究,本身就是热爱生活、热爱生命的最好表达。试问哪一个从事文学尤其是古典文学研究的学者没有诗意的情怀和温雅的怀抱呢?所以,从先生有温度的研究文字呈现看,先生自是沉郁博雅、有情厚爱,对于自己的亲人爱人友人等都各倾其所爱,甚或如杜甫般"穷年忧黎元,叹息肠内热",要不怎么可能会在青年时代就秘密参加地下革命活动,甚至被捕入狱仍无丝毫动摇呢?这自然是因为先生心中有大爱,所以才会大无畏吧!

后　　记

对传记和传记文类和文学,吾一直抱有最真诚的敬畏之心:凡可使后人立传者,自当有功业,或德、或功、或言,留芳世间,泽被后人,光耀日月,每欲捧读传记而此念已先潜滋暗生于胸间。用"战战兢兢,如临深渊,如履薄冰"来呈现自着手此传记以来的心情,自知最为恰切!吾深知李嘉言先生之德之学之文如清风雪兰,故常怀"高山安可仰,徒此揖清芬"之敬慕。恒惴栗于浅学肤见自不敢轻弄拙笔以"传"先生,然自谓出自"唐诗研究室",面对文学院所推"夷门传薪学人传"丛书计划,又自觉责任在肩,遂不自量力敢接是任,惶恐汗颜以至今日且终将至无穷日矣。

愚心深谓者:所谓"夷门传薪学人传",当基于传主学术地位而立传,绝非泛泛如他传记之叙人情、状物态、见情爱等"群"传记、"类"传记可比,亦非对传主"学"传之凸显意。何者,人之为人,一般意义上均有亲情爱情友情等,人伦关系中各角色之担承一般皆会努力担承——无关乎尊卑、强弱、高低、贵贱,抑或性别、职业、学历等。故此等人之常情本传不敢触及,除力避浮泛的"类""群"传记之外,窃以为私生活当专有题名以承涵之,诸如"学人生活面面观""学人生活录""学人日常小识"等中呈现,既名本丛书为"夷门传薪学人传",当着眼于"学人"立传。

先生在《南朝乐府民歌主要内容分析》一文中谓:"文学作品所反映出来的社会生活、历史及历史的人物形象,本来是最可靠的最真实的历史及历史的人物形象。所以如果在某一时代的文学作品中已经看见了其时的社会生活,那就不一定要再找史料予以证明。不过,为充分明白事实及相互参证起见,谈一下在通常史料上所见当时的情况,却又并非不必要。"基于此理解,历经三度春夏秋冬之轮回(非为怠惰又岂敢怠惰)——期间囿于疫情,多半不得不困于一室,足迹不能遍天下,故不敢强作解事之人,唯按所可见目前之文迹摇揣先生之嘉言懿行,为避传文堕于非实涉虚之地,不敢妄自穿凿以求全——惟对先生之相关学术作特出凸显之。略全以重学——即便"学"亦不能全传,谨以学林周知者纪之。"路漫漫兮其修远兮",虽"上下求索"而仅能呈现如此文字,深知有愧于一直关心此小传的各方师长、前辈、同道!于兹谨表谢忱并致难遂众心之深歉!

作者于河南大学文学院工作室

2021 年 11 月 15 日